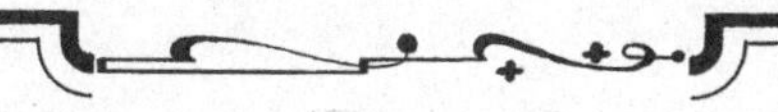

メディアワークス文庫

仁科裕貴

目　次

序(じょしょう)章

《沙場征戍客、寒苦若為眠。戦袍経手作、知落阿誰辺。
蓄意多添線、含情更着綿。今生已過也、結取後身縁》

砂漠を守るあなたは、寒苦の中で眠れるのでしょうか。
私の手で作った戦袍(せんぽう)は、誰の手元に届くのでしょうか。
一針一針に心を込め、思いを託して綿を入れました。
今生はもう終わりですが、来世があればあなたと縁を結びたいものです。

沙夜はまだ、恋を知らない。だから同い年の友人にこう訊ねてみた。

「――ねえ、笙鈴は恋ってしたことある？」

「はぁ？　いきなり何よあんた、熱でもあんの？」

蔓草文の描かれた絨毯に正座した笙鈴は、訝しげに眉を吊り上げて答える。その声がやや刺々しく感じるのは、梅雨入りの時期から続くこの蒸し暑さに苛ついているせいだろうか。

「口よりも手を動かしなさいな。そんなんじゃいつまで経っても終わらないでしょ？ただでさえ、馬鹿みたいな数をこなさなきゃならないのに……」

折り目正しく着こなされた白一色の襦裙は、彼女の勤勉さと有能さを表している。艶のある黒髪は額の中央できっちり左右に分けられ、首の後ろで束ねて背中に流されていた。見た目は地味だが清潔感があって、仕事のできる女という印象だ。

笙鈴は噂好きで口さがないところがあるが、十五の若さで皇后の侍女に任じられた程の才女である。いろいろと経験豊富に違いない。だから訊ねてみたのだが、どうやら無駄話に興じる気はないらしい。すぐさま手元の布地に目を戻し、神経質な所作で縫い針を運びながら、「春鈴を見習いなさい」と声を尖らせた。

「そうだよ小姐」すると笙鈴の妹である春鈴が後に続く。「急がないと、もうすぐ暗くなっちゃうよ」

姉に似て要領の良い彼女は、少々引っ込み思案なところはあれども真面目な性格をしており、針を操る手際も滑らかだ。いつも吊り目がちで口調の厳しい姉とは違い、少し目尻が垂れていて物腰も柔らかい。そんなまだ十歳の少女にまで怒られては、

「はい、すみません」と謝るしかない沙夜だった。

西日の差し始めた白陽殿の一画で、三人は今、繕い物に勤しんでいる。正殿の扉を開け放って風通りを良くして、時折談笑を挟みながらだ。

後宮における宮女の役務は、妃嬪の身の回りの世話をすることだけではない。各宮の清掃や庭園の整備、倉庫の管理に配給所の運営、夜間警備に至るまで様々である。

何せこの後宮内には、妃嬪と宦官を含めると三千五百人余りが生活しているのだ。それだけの労働力を遊ばせておく余裕はないらしく、内侍省からしばしば雑用を割り振られることがある。そういった経緯から今回言いつけられた仕事が、近々辺境に赴く遠征軍に回されるという軍衣の修繕だった。

ただし、沙夜はこういった単純作業を大の苦手としていた。興味を抱けないことに

対しては集中力が持続せず、気を抜くとすぐに妄想の世界に旅立ってしまう。だから怒られても懲りずに、つい口を開いてしまうのだ。

「ちなみに、春鈴は恋とかしたことある？」

「ううん」すぐに春鈴は首を横に振った。その磨き抜かれた黒曜石のように無垢な眼差しには、色恋に対する興味など欠片も映っていない。年齢から考えると仕方のないことかもしれないが、実はほんの少し前までは、沙夜だって同じだった。

「あんたねぇ」と呆れ顔になる笙鈴。「無駄口叩いてないと仕事できないわけ？」

「いや、そういうわけじゃないけど、話してる方が能率は上がるかも」

「それにしたって話題ってものがあるでしょうが。色恋の話なんて、春鈴に聞いたって仕方がないでしょ？」

鼻で笑うような仕草を見せた笙鈴に対し、「むう」と唸りながら春鈴が小さな頬を膨らませた。

「小姐！　春鈴だって一応、妃候補なんだからね！」

「はいはい」妹の言葉を軽く受け流して、その頭を撫でる笙鈴。「……でも、恋ねぇ。そういえばこんな話を知ってる？　唐代の玄宗皇帝の御世にさ、ちょうど今のあたし達みたいに、宮女が軍衣の修繕をしていて——」

「あ！ 知ってる知ってる！」腰を浮かせて話に食い付く沙夜。「辺境の守備隊を労(ねぎら)うために、綿入れの着物を作らせたんだよね？ で、一人の兵士の元に届いた軍衣の中から、一枚の薄紙が出てきた。そこには外の世界への憧れが込められた詩が綴(つづ)られていて……内容的にはほぼ恋文だったらしいけど」

本来ならば、その行為は重罪である。後宮に仕える宮女はみな妃候補であり、その身柄は皇帝のものだ。一度奉公に上がれば、任期が終わるまで基本的には後宮の外に出られない決まりである。だから、皇帝以外に懸想するなど身の程知らずも甚だしい行いであり、死罪どころか一族まとめて処刑されても文句は言えない。過去には実際にそういった事例もあったそうだ。

果たして、軍衣の中から見つかったその詩は、上官の手で玄宗皇帝の元に送られた。すると皇帝は後宮に自ら赴き、下問したという。『この詩を詠んだ者は速やかに進み出るように。朕(ちん)は罰しようというのではない』――と。

「そこへ一人の宮女が歩み出た」

笙鈴は正座したままやや前屈(まえかが)みになり、興奮したように話の先を引き取る。

「当然、その宮女は死罪を覚悟していたんだけど、皇帝陛下は宮女を北辺へ遣わせ、最初に詩を発見した兵士に引き合わせたんだよね」

「そう。そして、その帝の粋なはからいに辺境の兵士達は皆感動し、尽きせぬ忠誠を誓ったという――」

「二人とも、手が止まってる」

と、唇をつんと尖らせて春鈴が苦言を呈した。沙夜と笙鈴は「ごめんごめん」と謝りつつ針仕事を再開する。

そうしてしばらくの間、無言の作業が続いたが――

「でもそれ、今では嫌がらせの手口として使われてるそうだよ？」

いきなり不穏当な発言をした笙鈴に、沙夜は驚いて再び手を止めた。

「……嫌がらせってどういうこと？」

「簡単な話よ。さっきの話と同じように、軍衣の中に恋文をしたためた布きれを仕込むわけ。ただし送り主の名前を書いてね。例えば〝白陽殿の沙夜より〟とかさ」

「はあ!?　わたしはそんなこと絶対にしないけど!?」

そもそも唐代の逸話では、恋文には送り元も宛先も記してはいない。つまりは『誰でもいいから私を後宮から連れ出して』という意味なのである。

「だから嫌がらせなんだって」と笙鈴は溜息混じりに続ける。「あんたの仕業であろうがなかろうが、届け出があったら役人が調べに来るでしょ。それが何度も続けば目をつけられるかもしれない。つまり、後宮から追い出したい女の名前を書くわけ」

何それ、と開いた口が塞がらなくなるが、追い討ちをかけるように笙鈴は言う。

「あんたの名前、きっとたくさん書かれちゃうんだろうね？　何せ次期皇帝陛下からの求婚を断っちゃったりしたわけだし」

「うっ」

動揺した拍子に、針が生地を貫いて親指に突き刺さった。

鋭い痛みに軍衣から手を離し、血の玉が浮いた指を咄嗟に咥えて訊ねる。

「ど、どこでその話を？」

「何言ってんの。みんなとっくに知ってるよ？　巷はその噂で持ちきりなんだから。ねえ春鈴？」

「うん。配給所でみんな言ってた。小姐は有名人」

邪念のないきらきらした瞳のまま春鈴がうなずく。身内が有名人で嬉しいようだ。

しかしその一方で沙夜は、耳から脳内に鉛が詰め込まれていくように感じていた。

今後のためにも否定しておきたいが、残念ながらその噂は事実である。

沙夜は先日、次期皇帝である緑峰から求婚を受けた。しかし即座にお断りしたのだ。それはもう、返す刀でばっさりと……。

「いや、何で噂が広まってるの？　あのとき聞いてたのはハク様くらいじゃ……」

「出所は緑峰様に決まってるでしょ。後宮に入って三ヶ月足らずの見習い宮女をさ、いきなり上級妃にしようってのよ？　いろいろと手続きを経なきゃならないし、その過程でどうしても秘密は漏れちゃうってわけ」

そう聞いて、さらに頭が重くなったように感じた。確かに求婚は受けたが、上級妃だなんて聞いていない。しかも筌鈴の話が事実だとすれば、緑峰はまだ諦めていないことになる。その手続きとやらが進んでいるというのならば。

「でもさ、何で断ったの？　勿体なさすぎてバチが当たるでしょ。普通に考えたら」

筌鈴は意地悪げな声になりながら続ける。

「大体、緑峰様の何が不満なのよ。あんた宮女の自覚あんの？」

「ないかも」と、沙夜は声は沈ませる。「だってあまりに突然過ぎて……。わたし、緑峰様に好意を持たれるようなことは何もしてないし。妃になるだなんて考えたこともなかったし」

「何を甘えたこと言ってんのよ。好意なんてどうでもいいでしょ。妃になっちゃえば今後ずっと安泰よ？　こんな下働きなんてしなくていいし、美味しいものをたくさん食べて、のんびり毎日暮らしていけるってのに」

「それは魅力的だけど……。でもどうしても抵抗が……」

「あーやだやだ、これだからお子様は。春鈴、あんたも何とか言ってやりなさいな」

彼女は隣に座った妹に同意を求める。するとそこで、春鈴は何かに気付いたように腰を跳ね上げ、渡り廊下の方に体を向けた。

「――ハク様っ⁉　何咥えてるの⁉」

ぱっと立ち上がり、とたとたと軽い足音を立てて正殿の出口へと向かうと、半開きになった戸の前でしゃがみ込んで続ける。

「変なもの口に入れたら駄目だよ！　ぺってしなさい！　ぺって！」

「……おい沙夜。この娘に口の利き方を教えておけ。我には常に敬意を持って接するようにと」

そうぶつくさ言いつつ、春鈴の脇をするりと抜けてこちらに歩み寄ってきたのは、一匹の白猫だった。初夏の眩（まばゆ）い西日を後光に背負い、豊かな毛並みを白銀に輝かせる彼はどこか、神々しい存在に見えなくもない。

さもあらん。彼の正体は古の神獣、白澤（はくたく）である。

今は秘術を用いて白猫の姿に変化（へんげ）しているが、彼はかつてこの地に都を築いた始祖〝黄帝（こうてい）〟に知恵を授けたとされる、神にも近しい獣なのだ。

ただし、その佇まいには威厳など欠片も感じられない。というのも鼻先と目の周辺だけが黒い毛に覆われており、どちらかと言えば愛嬌を感じさせる顔つきだからだ。さらに全体的に丸々としていて、冬毛の狸と長毛種の猫の中間のような外見である。怒られるので口には出さないが、一言で言えば〝たぬこ〟といったところだ。

「また無礼なことを考えている顔つきだな。……まあいい。それよりこれだ」

どうやらお見通しのようであるが、白澤――ハクは説教をするつもりはないらしい。沙夜に向かって「おまえに預ける」と言いつつ、口に咥えていた何かをそっと絨毯の上に降ろした。

「何ですこれ。鳥……じゃなくて、蜂ですか？」

綿花のように柔らかそうな毛に包まれたその生き物は、一見して白い小鳥のようである。しかし逆三角形の頭部に大きな複眼、二本の触角、尖った形状のお尻からするとどうやら蜂のようだ。ただし。

「見ての通りだ。何者かに翅をむしり取られている」

その場に腰を下ろし、ハクは前足で顔を拭うようにしつつ続ける。

「こやつはな、この辺りに巣を作って暮らしていた〝文文〟だ。どうやら縄張り争いに負け、白陽殿に逃げ込んできたらしい。……まあ虫どもの争いになど興味はないが、我を頼って来た以上、保護してやる必要がある」

「文文……。『山海経』にも記述のある、妖異の大蜂ですね」

確か、皐山という山に住み、蒙木と呼ばれる幻覚作用を持つ木の近くに棲んでいるのだったか。さらに分岐した尾とひっくり返った舌を持ち、叫ぶことを好むといわれているが……。

よく見れば尻の付け根から、鳥の尾羽のようなものが二本生えている。その尾に隠されて針は見えなくなっており、普通の蜂よりも少しばかり大きいが危険性は感じられない。それどころか手酷く痛めつけられているようで、体を丸めて小刻みに震えるばかりだ。

「すごく弱ってる……？　可哀想」

正面に回り込んできた春鈴が、絨毯に横たえられた文文を覗き込む。

妖異と呼ばれる存在のほとんどは、常人の目には映らない。ただし霊格が低いものに関しては見えることがあり、文文はそれに該当するようだ。

ちなみにハクは例外である。秘術を用いて霊格を下げ、白猫に変化した今の姿ならば誰にでも見ることができる。ただし、その口から発せられる言葉を聞き取れるのは、この場では沙夜だけなのだ。

「水を飲ませてやれ」とハクは続けて指示を出す。「小さく見えても妖異は妖異だ。この程度のことで死にはせん。失われた翅もそのうち生えてくるだろう」

「触っても大丈夫ですか？　刺されたりは……」

「人を襲うことはない。知能もそれなりに高いしな」

「……ねえ沙夜、大丈夫なの？　ハク様は何だって？」

膝立ちのまま近寄ってきた笙鈴が、妹の手を引いて後ろに下がらせようとする。

彼女の心配はもっともだ。小さく見えても妖異は妖異。だからまず、沙夜は自らの手で掬い上げるようにして、文文を掌に載せた。

「人を襲ったりはしないってさ。ほら、全然危ない生き物じゃないよ。だから春鈴、この子に水を飲ませてやって欲しいんだけど、お願いできる？」

言いつつ、文文を春鈴の手へと移すと、彼女は満面に笑みを咲かせてうなずく。

「うんわかった！　任せて！　ちゃんとお世話するね！」

声を上げて宣言するなり、大事そうに胸元に抱え直して厨房の方へ歩いていった。

春鈴は以前、塁と名付けた妖鳥をとても可愛がっていた。しかしある事件を境に姿を消してしまい、それからしばらく落ち込んでいたのである。だから、文文が彼女の心の穴を埋めてくれることを願って、沙夜は世話係を任せることにした。

「……ハク様がそう言ってるんだったら、まあ大丈夫かな」

春鈴が去っていった方向を見つめながら、笙鈴も腰を上げる。

「そろそろ夕餉の準備をしなきゃね。ハク様も食べますよね？」

すると、今度は後ろ足で鼻先を擦りながら「食べるぞ」とハクが言った。

「食べるって」と沙夜が通訳して聞かせると、笙鈴は「あいよ」と笑顔を見せながら絨毯の上を手早く片付け、妹の後を追うようにして厨房に向かっていく。

何だかんだ言っても、笙鈴は春鈴を溺愛しているのだ。だからハクを信じていると言いつつも、本心としては妖異と二人きりにするのが心配だったのだろう。いそいそと渡り廊下を歩いていくその背中が微笑ましくて、沙夜の口元が自然と綻んでいく。

「……それでも、かなり慣れたみたいですね、笙鈴も。ハク様や妖異の存在に」

「ふん。順応性の高さは若者の持つ長所だな。ただし、普段の騒がしさは困りものだ。よくもまあ、あれだけ下らぬ話題で会話を続けていられるものだ」

もしや聞かれていたのか。沙夜は「いやあれは……」と声を詰まらせる。

まあ嫌味で済ませてくれるだけありがたいと思う。ハクは寛容だ。強大な力を持つ妖異は、本来ならば人に畏れられる存在である。笙鈴達だってハクの本来の姿を見れば、否応もなく畏敬の念を抱くに違いないのだ。

　だから見えなくていい。今のままの距離感でいい。そう思いつつも、少しだけそれが勿体なくもあった。この怠惰という言葉を具現化したような白猫の本性が、あんな絶世の美男子だと知っているのは、後宮宮女の中で沙夜だけなのだから……。

「……なんだ？　何を見ている？」

　期せずして、彼の顔をじっと眺めてしまっていたらしい。咄嗟に目を逸らした沙夜は、照れ隠しにこう口にする。

「いえ……。あの文文を襲ったのが何者なのか、と考えていまして」

「ふむ。確かに備えておかねばならんだろうな。蜂は天敵が多い生き物ではあるが、あれでも妖異だ。下手な相手にあそこまでやられることはない。恐らくは、何らかの外敵が後宮内に侵入したのだろう」

「外敵……ですか」

「そうだ。体の大きさから言って、あの文文は女王蜂だ。だとすれば一族の者は散り散りに逃げたか、それとも全て滅ぼされたか……」

　そう聞いて不意に、胸の奥底にずくんと疼くような痛みを感じた。

　一族を滅ぼされたということは、親しい者を全て失ったということに他ならない。

　もしも自分がその境遇におかれたとしたら……そうちらりと考えただけで、湧き上がってくる不安に危うく押し潰されそうになる。

沙夜にとって後宮は、自分がいるべき世界だ。望まぬ形で後宮入りしたのは事実だが、何よりも大切な家族と巡り会うことができた。その点だけは、この数奇な運命に感謝している。

だから決して奪われたくはなかった。必死の想いで手に入れた、穏やかで愛すべき日常を。もしもこの幸せを脅かすものがあるというのならば――

「どうする、沙夜」と、ハクがやけに真剣な面持ちになって言う。「現れたその外敵が、おまえやおまえの傍にいる者達に、危害を加えようとしたなら」

「無論、守ります。この身を賭して」

即答気味に答え、それから「わたしにできることなんて、そう多くはないでしょうけど」と付け加えた。

「……そうか。ならば学ぶがよい。学べばその知識はおまえの血となり、肉となる。そしてこの乱世を生き抜く力となるだろう」

円らな瞳を翡翠色に輝かせながらハクはそう言い、「さて飯だ」と続けながら尻尾を回して振り返った。その小さな背中に決然とした瞳を向け、「はい」と告げて沙夜はついていく。

彼女の胸に宿る、譲れない願いは二つ。亡き母に託された、白澤の弟子の使命を全うすること。そして大切な家族が住むこの白陽殿を守ること。

ただし、沙夜の考える家族の範疇（はんちゅう）はいささか広い。父である燕晴（えんせい）だけでなく、笙鈴や春鈴、天狐（てんこ）にハク。縁を結んだ後宮宮女と妃たちも例外ではない。

目を閉じれば浮かんでくるのは、愛（いと）しい人々の笑顔ばかり。それを曇らせるものがあるのなら、この身を挺してでも立ち向かう。立ち向かってみせる。

そんな強い想いが今の沙夜の根幹をなす、何より大切な矜持（きょうじ）であった。

皇城に差し込んできた鮮やかな落日が、視界に映る全てを赤く染め上げていく。

奇跡のように美しい夕焼けだった。しかし回廊から渡り廊下に出た途端、光の刺激が強過ぎたせいか、緑峰はその場で立ちくらみを起こしてしまった。

手すりを摑（つか）み、眉根を指で揉（も）みほぐしていると、気分はすぐに良くなった。しかしどこか釈然としない思いが残る。あの雲一つない茜色（あかねいろ）の空とは裏腹に、いまだ心の中は曇り模様のままだったからだ。

遠景に佇む雄大な泰山は、小人の悩みを嘲笑っているように見える。そんなことは指摘されずともわかっているというのにだ。癒しを求めて首を下に向けると、無数の紫陽花が咲き乱れる中庭に目が止まった。その蒼い、優しい色合いに安堵したのか、はたまた疲労からか、自然と嘆息が口からこぼれ落ちていく。

「――おや、殿下。どうやらお疲れのようですが？」

背後から歩み寄ってきた何者かが、そう声をかけてきた。

振り向けば相手の正体はすぐにわかった。引き締まった顔つきに無精髭を生やした青年官吏――袁周亥である。颯爽たる長身の頭には黒い幞頭を被り、鍛え抜かれた腹回りには大帯を巻いて蔽膝を垂らしている。位の高い宦官特有の服装だ。

「体は何ともないさ」

首を横に振りながら緑峰は答える。

「ただ、いろいろ気苦労が積み重なっていてな……。おしなべてこの世のことは、何もかも思い通りにならない」

「へえ。それはあの沙夜とかいう娘のことですか。白澤の弟子だという」

にっ、と口角を上げながら訊ねてくる周亥。明らかに訳知り顔である。

禁軍において将軍職にあった彼が、自宮してまで緑峰の側近となる道を選んでくれたと聞いたときは、素直に嬉しかった。その忠義の心に感動し、秘書監の地位を用意することだって厭わなかった程だ。

ただ、周亥は過去に緑峰の近衛を務めていたこともあり、部下というよりもっと近しい存在として認識していた。そして互いをよく知る相手だけに、その見透かすような視線が今は少々気に障った。だから肯定も否定も返さずにいたのだが……。

「おお、そういえば噂に聞きましたぞ！」

それまでの流れを断ち切って彼が声を上げた。憤慨したような声でだ。

「あの娘、殿下の求婚を断っておきながら……誠にけしからんですな！　恋文を修繕した軍衣に忍ばせて、辺境に送ろうとしたそうではないですか。しかも複数！」

「おまえにもわかっているだろうに」と、仕方なく緑峰は返す。「あれは沙夜の仕業ではない。後宮ではよくある、下らない悪戯だよ」

そういえば、その件の始末もつけねばならなかったな、と思い出す。

先日の話だが、内侍省を通じて後宮に裁縫仕事を依頼したのだ。辺境の兵士に送る軍衣の修繕という簡単な仕事内容だったのだが、予想だにしない問題が起きた。

仕上がった軍衣の何着かに、恋文が仕込まれていたのである。その筆跡はそれぞれ異なっていたが、その全てに〝白陽殿の沙夜より〟と記されていた。

ただしもちろん、緑峰はそれを鵜呑みにして腹を立てたりなどはしない。皇弟として後宮で育てられた彼は、誰に聞かずともあれが嫌がらせの手口であると知っていたからである。

「そもそもあいつに、あんな真似をするような繊細な情緒はない。男に混じって科挙を受けたような娘だぞ、あれは」

「ふむ……。ですが本人の仕業でなくとも、事実関係を確かめないわけにはいきますまい。放置して収まるものとも思えませんし」

周亥はそう言って意味ありげな視線を向けてくる。暗に、緑峰の求婚が原因なのだから、責任をとるべきだと言っているようだった。

彼の年齢は二十八歳。緑峰より八つも年上だ。立場によらず進言してくれる配下は貴重だが、からかい混じりなのが腹立たしい。

「そのうち何とかする」緑峰は顔を逸らし、その勢いのままに歩き出す。

「牢に行かれるので？」周亥は後ろについてきた。「殿下は本当に仕事熱心ですなぁ。もちろんオレもお供いたしますよ。側近として」

「側近ならば、少しは俺の心情を慮ったらどうだ？　おまえと話していると心が荒んでいく気がする」

「はは、それは気のせいでしょう」と彼はまるで悪びれない。「しかし、悪戯にまで玄宗皇帝の逸話を持ち出してくるとは、後宮宮女の教養も侮れませんな。良家の子女を集めているだけのことはある」

「事実かどうかはさておき、な。……実際の玄宗皇帝は、気に入った宮女の腕に入れ墨を彫らせる程、独占欲の強い人物だったと聞くが」

「ええ。さらに言えば、楊貴妃（ようきひ）を溺愛する余りに国を傾けた人物でもあります。史書においては賢帝と愚帝、二つの顔を持つ人物として記述されておりますが……果たして何が正しいのやら」

「歴史など簡単にねじ曲げられるということだろう。強大な権力をもってすれば」

史書には英雄達の本当の姿が描かれることはない。決してだ。

唐代には後宮の決まり事が多く改定され、宮女の解放なども定期的に行われるようになった。それを美談として取り扱う風潮はあるが、どうも別の事情があったようにしか思えない。たとえば後宮運営に関わる財政上の問題など……。

「殿下も即位されれば最上の権力を持たれるのですよ？　それはいささか自覚に欠ける発言かと」

「最上の権力をもってしても、動かぬ人の心はあるさ」

「それもあの娘のことでしょうに……。おかしな話です。下級宮女の身の上から妃になるなど幸運も幸運。天運と言っても差しつかえないほどの名誉だというのに」

そう言った周亥の顔をちらりと見ると、本当にわけがわからないという表情だった。彼の鼻の根元には、一筋の刀傷(とうしょう)が真横に刻まれている。いくつもの修羅場をくぐった武官だけが持つ気配と風格は、緑峰にもないものだ。宦官となり、文官に転身した今でもそれは全く衰えていない。

口は悪いが爽やかな性根を持つ男で、誰よりも忠義に厚い人物だと緑峰は知っていた。だから側近としても護衛としても信頼はしているが――

「……そういえば、おまえが言ったのだったな。これから皇帝になられる方に、求婚されて喜ばない女などいませんよ、と」

「はて、そうでしたか？」

彼は顎をさすりながら、わざとらしく惚(とぼ)けてみせた。どうやら自覚はあるらしい。いや、簡単にその気になった自分が間抜けだったということか。

「そう気を落とされることはありません。緑峰様ならうまくやられることでしょう」

「自分ではそうは思えぬ。……正直、女は苦手だ。今回のことで再認識した」

「ははは。後宮で長らく過ごされた皇子様は、みなそのように仰(おっしゃ)られるそうですな。

女達は見えざるところで足を引っ張り合い、他者を蹴落とし、それでも何食わぬ顔で皇帝を寝所に迎え入れる……。そういうものです。割り切るしかありますまい」

「その必要を感じぬと言っているのだ。そもそも次代は曜璋だからな。俺が誰を娶ろうが娶るまいが、国の行く末には関係がない」

緑峰は間もなく皇位につくことが決まっている。ただし、先帝の御子である曜璋が成人するまでの間のことだ。期間限定の皇帝なのである。

だから世継ぎを望まれてもいないし、むしろ将来の禍根となる可能性が高い以上、迂闊な真似はできない。

「それはどうかと。曜璋様が今後健やかに育つ保証もありませぬ。昔から、御子は神からの授かり物であり、七つになるまではわからぬと申しまして……」

「おい……。こんな場所で滅多なことを言うな」

廊下の突き当たりには日が差し込まず、特に薄暗い場所となっていた。そこで足を止めた緑峰は周亥を窘めつつ、辺りに人気がないことを確認する。

「どこに耳があるかわからぬ。俺が曜璋を目障りに思っているなどと、根も葉もない噂が流れたらどうする？」

「オレは構いませんがね。殿下のためなら喜んで国賊のそしりを受けましょう。いえ、むしろ争う気概を見せて欲しいものですな。それでこそ皇帝に相応しい」

「できぬさ。曜璋は燕帝の血を引く御子だ。俺は昔から兄には頭が上がらなくてな」

言いつつ、そこから数段の階段を下りて沿道へと進んだ。

そして少し歩けば石造りの無骨な建物が見えてくる。煌びやかな皇城の雰囲気とは一線を画す、一切の装飾を排除した灰色の殿舎である。いっそ砦と表現してもいいかもしれない。

「それでは困ります」と周亥は話を続けようとする。「……そうだ、あの沙夜という娘のことも燕晴様に説得していただいては？」

「それこそ無理だ」

入口で門衛に手を翳して建物内に入り、奥まで進んだところで階段を下りる。

そしていつものように牢番に目配せをして、席を外させた。

「兄上はあの娘を溺愛している。くれと言ってもくれまいよ。それどころか剣を突き付けられ、追い払われるやもしれぬな。間男のように」

「むむ……。難儀なことですなぁ」

などと、悩むような素振りをする周亥だったが、彼の声色に深刻さはまるで感じられない。きっと本心はどうでもいいと思っているに違いない。

「まあ白澤の弟子のことは適当にしていただくしかありませんな。それよりも〝燎(りょう)〟の姫君のことです。彼女を上級妃にすると仰った、あの気持ちにお変わりは？」

「ない。もう決めたことだ」

緑峰は重い声を出した。沙夜のことより何より、目下最大の問題はそれである。

何故(なぜ)ならその問題の大きさは、国内に留まらないからだ。実はこの大陸には、綜(そう)の他にも国家が存在するのである。世界の中心たる中原を治めているのは綜だが、西と北にそれぞれ恭順しない勢力が国を作っている。

西に斉夏(せいか)、北に燎。それが国の名前だ。

三国の国力差を客観的に分析すれば、綜国が頭一つ抜けているはずだ。だから両国とも表面上は友好的な関係を保持することができているのだが、国境付近での小競り合いは定期的に起きている。まだ死者こそ出てはいないが……。

「……彼女の来訪を、俺は好機と捉えることにした。今まで以上の友誼(ゆうぎ)を結ぶにしろ、敵対することになるにせよ、彼女の存在はきっと鍵となる」

「だから後宮内に囲い込む、というわけですか。……本当に難儀なことです」

どこか不服そうな口振りで周亥は言い、その大きな肩幅を竦(すく)めてみせた。

表情も明らかに曇っているが、それは当然だろう。燎の姫が送られてくることになった事情の裏には、決して表に出せぬ国家の秘密があるからだ。本音を聞けば、彼は反対だと言うに違いない。だが今さら緑峰も後には退けなかった。

「最悪の事態が起きた場合、戦端を開くしかなくなるだろう。燎と斉夏の国交も徐々に悪化してきていると聞く。綜が燎と争えば、斉夏は嬉々として参戦してくるに違いない。漁夫の利を得る心づもりで……」

「──何やら面白い話をされているようで」

前方の暗がりから声が聞こえてきて、不意に緑峰はそちらに顔を向けた。

枢密院の屋外に隣接して築かれたこの収容所は、凶悪犯と政治犯を収監し、尋問や拷問を行うための施設だ。脱走防止の目的から地中を掘り抜いて作られており、無人の独房が続く空間はまるで洞穴のようである。小さな天窓から差し込む明かりはごく僅かであり、空気はじめじめとしていて異臭すらする。

「聞こえていたなら丁度良い」

むしろ聞こえるように話していたのだ。緑峰は一番奥に位置する独房の前へと進み、鉄格子の向こう側へと言葉を放った。

「燎の姫君について、おまえは詳しいはずだろう。その話を聞きたくてな」

「別に詳しくなどありませんよ」と彼は答える。「彼女に会ったのは一度きりです。

しかも前後不覚の状態で、でしたからね」

「それでもいい。知る限りのことを話せ」

　努めて厳しい口調を心がけながら、緑峰は言う。かつて友と呼んだ男に向けて。

　すると直後、鎖が擦れる耳障りな音が響き、闇の中で何かが蠢いた。恐らくは彼がこちらに歩み寄ってきているのだろう。

　やがて、天井から落ちる光の柱に彼が触れた瞬間から、その姿が徐々に明らかになっていく。

　ボロボロの布で作られた土色の服は、虜囚用のものだ。そこにすらりと流れるのは暗がりの中でも存在感を失わない漆黒の長髪。だが糸のように細められた両の目と、口元に湛えられた微笑からは、その心情を察することは一切できなかった。

「──綺進」

　一度そこで腹に力を溜め、覚悟を定めてから緑峰は再び声をかける。

「まさかこの期に及んで、俺に隠し事などせんだろうな」

「もちろんですよ、緑峰様」

　口角を深く引き上げながら、彼は静かに答えた。

　男の名は綺進。皇帝暗殺を目論んだ王蝋に手を貸しただけでなく、緑峰を罠に嵌めて亡き者にせんとした奸臣である。

が、もはや人の範疇にある存在ではない。彼は僵尸――生ける屍となり、ある妖術師の掌の上で動かされていたらしいのだ。その意思をねじ曲げられる形で。

「どうか信用して下さいませ。もしも願いが叶うならば……私はもう一度、緑峰様のお側にお仕えしたいと思っております」

切断された首は縫い合わされており、その痛々しい傷口を隠すために首には黒い布が巻かれている。やや距離を置いて見ればかつての親友そのものの姿だが、その内面がどうなっているかは全くわからない。未だに化け物のままなのか、それとも……。

「馬鹿を言うんじゃねえよ」

思わず言葉を詰まらせた緑峰の代わりに、周亥が前に出て怒気をぶつけた。

「裏切り者が……！　どの面下げてほざきやがる！」

「ですからそれは、私の真意ではなかったのです。妖術師に操られて――」

「今は信じるとしよう。その言葉を」

言いつつ、周亥の肩に手を置いて下がらせる。平静を装いながら。

相手は生前から叡智に富み、若くして中書侍郎にまで上り詰めた程の男だ。話術においては比肩する者なく、熱くなれば丸め込まれるだけ。しかし、それでもどうにかして彼の脳内に刻まれた情報を絞り出さなければならない。

どちらにせよ駆け引きは不利。ならばと緑峰は、正面突破の心持ちで口を開く。

「聞かせてくれ綺進。まずはその、燎の姫についてだ。どういう娘か知らないか？単なる噂でもいい。おまえの知り得ることを全て話せ。名は、〝晨曦〟というそうだ。家名は〝黄〟」

「晨曦……〝曙光〟の名を与えられた黄家の姫、ですか。ふふふ。緑峰様の妃に相応しい、美しい名ではありませんか。その上、あの沙夜と対になる名前。これは運命の導きを感じざるをえませんね」

「無駄口はいい。聞かれたことだけを話せ」

「ふふっ、仕方がありませんね。……先ほども申しましたが、私が彼女について知っていることはほとんどありませんが――」

綺進はそう前置きをしつつも、うっすらと開けた双眸から妖しい光を漏らした。

「ですが、噂には聞いたことがあります。生まれながらにして災厄をその身に宿す、呪われし姫君だと」

「……何？」

耳を疑うようなその発言を、つい緑峰は自分の口から繰り返した。

「呪われし姫、だと？」

しかしその呟(つぶや)きに答える者は誰もいない。いなかった。

綺進は含みのある笑みを口元に浮かべたまま。後ろに控える周亥を見れば、額に手を当てながら項垂(うなだ)れている。嫌な予感が当たった、とばかりに。

「……そうか。どうやら一筋縄ではいかんようだな」

緑峰は溜息混じりに口からそうこぼした。

知っていたからだ。綺進がこのような思わせぶりな言動をするとき、事前の予想が結果を下回ったことはない。もちろん悪い意味でだ。

「まったくこの世のことは、何もかも思い通りにならん……」

続けて発したその虚(うつ)ろな響きは、牢獄(ろうごく)の乾いた空気を上滑りしてすぐに消える。

目を閉じると、目蓋の裏側にみるみる黒い靄(もや)が立ち込めてきたのが見えた。それは分厚く、冷たく、一条の光も通さない周到さで、緑峰の前途を容赦なく漆黒に塗り潰していくのである。

どうやら彼の新たなる受難の日々は、これから始まるようだ。

第一章

失われし秘薬

うしなわれしひやく

《神農乃始教民播種五穀。嘗百草之滋味、水泉之甘苦、令民所辟就。当此之時、一日而遇七十毒》

神農(しんのう)が初めて民に五穀の種を播(ま)くことを教えた。百草(ひやくそう)の滋味、水泉の甘苦をなめ、民に避けるべきものと利用すべきものを伝える。この時に当たりて、一日にして七十毒に遇(あ)ったという。

甲高い怒号が辺りに轟くと、朝礼の場は直ちに騒然となった。

「あんた！　今さら言い逃れができると思ってんの⁉」

「いえ、何度も言っていますが、全部濡れ衣で……」

「下働きの分際で、軍衣に恋文を忍ばせるだなんて！　恥を知りなさいな！」

沙夜の抗弁にまるで取り合わず、先程から高い声を響かせているのは司衣の役職にある宮女だ。名前は知らないが、どうやらかなり直情的な人物らしい。

助けを求めて周囲に目を向けるも、どこを探しても同情的な視線はない。

石畳の敷かれた桂花宮の中庭には、白い襦裙を着た数十名の宮女が集っているが、みな糾弾される沙夜の姿を好奇の眼で見ているだけだ。

——ああ、何という理不尽だろうか。

まさかあのときの笙鈴の懸念が現実のものとなってしまうとは……思わず天を仰いでしまったところで、眩しい光に突き刺されて目を細めた。正殿の屋根にあしらわれた瑠璃瓦も我関せずと、初夏の眩い日差しを弾くばかりである。

「はいはい、もうよろしいでしょう」

しかしそこへ、ぱんぱんと手を叩きながら誰かが仲裁に入ってきた。

黒髪を頭頂部でお団子状にまとめたその女性は、見るからに厳格そうな外見をしていた。細面で鋭角に尖った顎をしており目尻も鋭く研ぎ澄まされている。そしてその冴え冴えとした冷たい眼光は、明らかに味方のものではなかった。

「私の名は〝朱莉〟といいます。先日の人事で侍女長を任じられました。……沙夜と言いましたか？　とりあえず謝罪しなさいな」

「謝罪……ですか？　でもわたしには身に覚えがありません。一体、何を謝ればいいんですか？」

徹底抗戦の構えを見せながら、もう一度素早く周囲に視線を巡らせる。

すると何人か、目を逸らした宮女がいたのがわかった。恐らくは彼女たちが実行犯だろう。どうしてやろうかと考えていると、朱莉は「いいですか」と続ける。

「あの恋文が貴方の仕業かどうかなど、もはやどうでもいいことです。役人達だって暇ではありません。犯人が特定できないとあれば、その責は桂花宮全体が負うことになるでしょう。だから謝罪をしろと言っているのです。それだけの恨みを買うような真似をした、己の責について」

「そんな！」

と、そこで反駁の声を上げたのは沙夜ではない。司衣の役にある宮女だった。

「どうしてあたしたちが責を問われるのです⁉　悪いのはこいつなのに！」

彼女はすっかり涙目になっていた。この反応からして嫌がらせに荷担してはいないようだが、司衣は服飾にまつわる仕事全般を司る役職である。今回の件で一番評価を落とすのは彼女だろう。

「あんたが罪を認めればいいのよ！　あんたがぁっ！」

金切り声を上げた彼女は、荒い息遣いをしながらずんずん歩み寄ってきて、沙夜の胸ぐらを摑みあげた。

――きっと余裕がないんだろうな。

憤りを覚えるより先に、ちょっと同情してしまう。さっき朱莉も漏らしていたが、この司衣にしても恐らく、先日の人事異動で現職についたばかりに違いない。

先帝である燕帝の崩御を受け、曜璋という三歳の少年が帝位についたのが一月前のことだ。しかし、やはりまだ幼過ぎて政務に堪えられないという判断から、先帝の弟である緑峰に帝位が譲り渡されることになった。その譲位の儀、及び新皇帝の戴冠の儀が十日後に控えているのである。

そして皇帝が変わると後宮も変わる。先帝の妃は後宮を出るか東宮に移り、新たな妃がたくさん入ってくることになる。その後宮再編の一環として大規模な人事異動が各所で行われているこの時期だからこそ、著しく評価を落とせば役を下ろされることだって有り得る。彼女達はそれを懸念しているのだ。

「あの、どうか落ち着いて……」

「だったら認めなさいよ！　あたしはこんなところで躓くわけにはいかないの！」

「私もです」と対照的に落ち着いた口調で朱莉が続く。「赴任早々、問題を起こしては主に合わせる顔がありません」

「そんなこと言われても……」

宮女たちにとって、後宮は戦場である。沙夜のように何の後ろ楯もない人間の方が少数派だ。有象無象のように見えても、歴史ある名家や勢いのある商家から送り込まれてきた才女ばかりであり、だからこそこんなに必死になっているのだ。

たとえ他者を蹴落としてでも、己の位階を上げることが彼女たちに課せられた至上命令だ。その目的のために人生を懸けて彼女たちはここにいる。なのに、こんな誰の仕業とも知れない悪戯のせいで役人に目をつけられるなんてまっぴら御免なのだ。

その切実な想いがわかってしまうが故に、相手が感情的になればなる程冷静になってしまう沙夜。だが、かといって無実の罪を認めるわけにもいかない。どうしたものかと思っていると――

「まったく愚かしいこと……。手っ取り早く一掃しよう？」

すぐ背後から声がした。怖気をふるうような冷たい声が……。

これはまずい。たちまち冷や汗をかき始めた沙夜の視界の隅から、灰色の袍服に身を包んだ女性がゆっくりと歩み出てくる。ついに怒らせてはいけない人を怒らせてしまったらしい。

「もういいよね。こいつらの首、はねちゃっても」

「い、いやいや、ちょっと待ってくれません？」

可能な限り小声になりながら、沙夜はそう告げた。何故なら彼女の姿は、この場にいる誰にも見えていないからである。

金髪碧眼のその美しい少女の名は、天狐。

千年以上の時を生きる妖狐であり、彼女の姿はその霊格の高さがゆえ、常人の目には決して映ることはない。

「待てって何さ！」反応したのは司衣の宮女だ。こちらが気圧されていると見たのか、さらに大声を上げる。「謝りなさいよ！　あんたさえいなければ！」

「違うんですよ。そうじゃなくて」

「殺っちゃった方がいい」と嗜虐的な笑みを浮かべる天狐。「こういう手合いは何を言ってもわからない。後腐れなく、すぱっといこう」

「いや、大丈夫です！　本当に大丈夫ですから！」

天狐の声が彼女達に届いていない以上、迂闊に返事はできない。だが黙っていては大変なことになりそうだ。服の内側をじっとり汗で濡らしながら、沙夜はとりあえず声を張る。

「許してあげましょうよ！　わたしは気にしてませんから！」

「はぁ？　いや気にしなさいよ！」

「全然平気ですから！　可愛いもんじゃないですかこの程度！」

「な、何をぉっ！」

茹で上がったように真っ赤になり、腕を突き上げるようにして沙夜の胸襟を持ち上げる司衣。そのせいでたまらず爪先立ちになってしまったが、それどころではない。

「先に暴力を振るったのはこいつ。まず腕を切り落とそう。三つ数える間だけ待ってあげる。いーち、にーい……」

「どうか大目に見てあげて下さい！　若気の至りってやつですよ！　思わず手が出ち数なんて数えても、聞こえてないんですよそれ。天狐さん。

やうことってあるじゃないですか！」

「あァん⁉　どこまでも舐めくさって！」

「だから穏便に！　ここは穏便に済ませましょう！」

「穏便に済ませたいなら、態度を改めなさいな」口を挟んだのは朱莉だ。「煽(あお)るような言動は慎みなさい。さっきから何なの、あなた」

「でも沙夜に非はないはず」と天狐。「なのに謝れと強要された」

「確かにわたしに非はありませんけど！　頭を下げて済む話ならそうしますから！」

沙夜は後宮内でのし上がろうなどとは考えていない。だから評価が下げられても別に構わないのだ。

「だからごめんなさい！　はい、これでいいですか？　いいですよね！」

「あ、あ、あんた――！」

「そう。反省する気はないということね。みんなに迷惑をかけておいて」

怒りのあまり呼吸が不安定になる司衣と、怒気を漂わせながら一歩前に出る朱莉。

「何を他人事(ひとごと)みたいに言っているの？　あなたがそういう態度だから、こんな事態を招いたのではないの？」

元々切れ長だった目尻が、今や人を刺し殺せそうなくらいに尖っている。意外にもこの人も直情径行の人だったか……。

「ち、違うんですよ！　そんな場合じゃないんですって！」

歩み寄ってくる朱莉に反応してか、天狐の殺意が膨れあがったのを肌で感じた。

咄嗟に沙夜は司衣の手を強引に振り切り、朱莉と天狐の間に体を割り込ませる。

「あんた抵抗するっての⁉」

「後生ですからもう少し我慢を！　みんな見てるんですよ⁉　節度を持って！」

「殺すなと言うなら殺さない。でも躾は必要。骨を一本か二本は……」

「大したものですね。まだそんな減らず口が叩けるなんて……。さすがに教育が必要のようです。……歯を食いしばりなさいな」

朱莉が思いきり片手を振りかぶるのが見えた。平手打ちだ。

もはや状況が混沌とし過ぎて、何を優先すべきかわからない。平手を避けるべきか、彼女の受けるべきか。首をこきこき鳴らしながら前進する天狐にしがみつくべきか、彼女の攻撃から二人を庇うべきか。

どうする？　どうすれば？　刹那の間に頭を回転させる沙夜。

と、そこへ――

「――何の騒ぎじゃ？」

ぽつりとそう、静謐な声が響いた。

だが、それが場にもたらした影響は劇的なものだった。まるで水面に落ちた一雫のように、波紋を描いて緊張感が辺りに広がっていく。そして熱のこもった空間を徐々に清浄化していった。

直後、周囲を取り囲んでいた宮女たちの人垣が、ざっと音を立てて左右に分かれた。続いて司衣も朱莉も、目を丸くしながら正門の方に視線を向ける。だから沙夜の注意も自然とそちらへ引きつけられてしまったのだが、彼女を見るなり、太陽を直視したときと同じように思わず目を細めてしまった。

「皇太后、様……」

美し過ぎる容姿をしたその女性が、沙夜を見つめてふわりと微笑んだ。

牡丹の刺繍が施された繻子の背子をふわりと着こなし、薄紫の被帛をなびかせながら歩く姿はさしずめ地上に降りた天女のようである。それが多数の侍女を引き連れてまっすぐにこちらに向かってくると、宮女たちは波打つように順次平伏していく。

「もう一度訊くが、これは何の騒ぎじゃ？」

「は、はい。皇太后様にお答え致します」

朱莉が慌てて膝をつき、動揺を隠しきれない声で説明を始める。

「何も変わったことはございません。朝礼の場で、業務の指示をしておりまして」

「ほう、侍女長自らが業務指示とな？　何か不手際でもあったのかえ？」

「いえ、その……。先日届けのありました、軍衣に仕込まれた恋文の件で、事実確認をばと……」

「ふむ、なるほどのう」

優美な笑みを浮かべつつ、歩み寄ってきた元皇后――〝紫苑〟は、沙夜の肩にそっと手を載せた。

「ならば、済まぬが切り上げてはくれぬか？　妾はこの沙夜に用があるのじゃ。これから東宮の花園を見に行く約束をしておってのう」

「そ、それは」

己の庇護下にあると示すように、沙夜と親しげな振る舞いをする紫苑。その態度を目にした朱莉の表情に、戸惑いの色が宿ったのがわかる。

下級宮女が皇太后と約束？　どういう関係なんだ……とでも考えているに違いない。

だが彼女はその疑問を口にするよりも、この場を収めることを選んだようだ。

「……構いませんが、私も内侍省に報告せねばなりませんので……。この件については皇太后様が預かられるということで、よろしいでしょうか」

「ふふ、なるほど。そうきたか」

いささか不敬とも思われる朱莉の言に、袖を口に当てた上品な所作で紫苑は微笑を返す。

「よかろう。そもそも沙夜の所属は、既に桂花宮ではないしな。その方らに責が及ぶことはあるまい。そう取り計らっておく」

「ありがとうございます、皇太后様！」

ぱっと顔を上げて、にこりと笑みを見せる朱莉。

隣に控える司衣からも、切迫したものから解放されたような気配が伝わってくる。先程までがちがちに強張っていた背筋も、少し丸みを帯びているようだ。

「では沙夜は借りていくとしよう。……ほれ行くぞ。曜璋が待っておる」

話が終わったと見て、さっさと背を向ける皇太后。

そこへ「はい」と返事をして、沙夜はそそくさと後についていく。

すっかり臨戦態勢だった天狐も、途中で「ちっ」と舌打ちを残してどこかへ姿を消してしまった。どうやら誰も傷つかない未来を掴みとれたようだ。歩みを進めて門に近付いていく程に、安堵が込み上げてくる。

けれど、沙夜に向けられた宮女たちの視線は未だ粘りつくように鬱陶しい。嫉妬、羨望、敵意……いろいろな感情が背中に突き刺さってくるようだ。紫苑の登場の後にはさらに顕著になった気がする。

まったく、いつの間にこれだけの敵を作ってしまったのか……。これも全て緑峰のせいだろう。お恨み申し上げますよ、と沙夜は心中で愚痴をこぼした。

これから始まる後宮再編を経て、沙夜の所属がどう変わるかはわからない。けれど少なくともこの桂花宮には、もはや自分の居場所はないらしかった。

今後のことを思うと、暗澹(あんたん)とした想いが胸の奥に堆積していくようだ。だから我知らず、沙夜は道中に何度も溜息を落としたのだった。

しかしそんな憂鬱な気分も、それほど長くは続かなかった。

根が単純な沙夜は、紫苑に連れてこられた東宮の薬草園を巡るうちに、すっかり晴れやかな気持ちを取り戻していたのである。

「素晴らしい景観ですね！　皇太后様！」

いや、もはや上機嫌と言っても過言ではない。沙夜は声と足取りを同時に弾ませる。

ただ先導する紫苑は、何故か苦笑いを浮かべていた。

「別に大したものではなかろう？　隅々まで手入れが行き届いているとは言い難(がた)い」

夏の園遊会に向け、これから整備をしていかねばならん……と彼女は声を沈ませる。

実子である曜璋が皇位を継いだことにより、紫苑は皇太后となった。しかし緑峰に譲位した後でもその身分は変わらないらしい。というのも、皇太后は必ずしも皇帝の実母である必要はなく、先帝の正妃であることが資格を満たす条件なのだそうだ。

「会を催すということはな、とても大変で面倒くさいことなのじゃ。格式高いものにせんと妾が侮られるし、かといって交流の場でもあるからな。いろいろ気遣いもせねばならん」

なるほど、貴人には貴人の気苦労があるのだろう。何かと対立しがちな妃嬪達を集めて会を催すのは大変に違いない。だが沙夜は能天気にこう答える。

「いえいえ！　わたしの目にはとても素晴らしいものに映っています。だって食べられる草花がこんなにたくさん！　あの菊だってとても美味しそうですし！」

「た、食べるというのか？　菊の花を。一応言っておくが観賞用じゃぞ？」

「大丈夫です！　わたし、野草の食べ歩きが趣味ですので、どんな草花でも大抵一度は口に入れたことがあるんです。菊って美味しいんですよ！」

「そ、そうか。嬉しそうで何よりじゃな」

何故か言葉を詰まらせる紫苑。沙夜の勢いに若干身を引きつつも、それでいてどこか同情的な視線を送ってくる。

「そういえば、おぬしの故郷は飢饉で……」

「はい。昔は何でも食べました。虫とか雑草とか木の皮とか。それに比べると後宮は食材が豊富で素晴らしいです！」

元気よく答える沙夜だったが、逆に紫苑の声色は徐々に弱々しいものになっていく。仕舞いには瞳を潤ませ、袖口で目尻を擦り始めた。

「苦労したのじゃな……。今度、妾から笙鈴に言っておこう。これまでの分を取り戻せるほど、美味いものを食わせてやってくれとな」

感慨深げな口調で彼女は言うが、実は沙夜にはそんなつもりは毛頭ない。

確かに、発端は幼い時分に経験した飢饉かもしれないが、野草をとりあえず口に入れてみるのはただの癖だ。つまり単に食い意地が張っているだけなのである。

そうとは知らず、期せずして場の空気は湿っぽいものになっていく。後ろに控えている紫苑の侍女たちにもその気遣いが伝播していき、揃って憐れむような視線を向けてくる始末だ。

「いえ、ちょっと待って下さいみなさん。別にそういうつもりじゃ……」

「――姉上ぇー」

言い訳をしようとした、そのときだった。とてとてと、音がしそうな歩みでこちらに寄ってくる幼子の姿が見えたのである。

現皇帝、曜璋だ。沙夜とは異母姉弟の関係にあたる少年である。

彼が両手を前に突き出した姿勢でやってくるのを見て、思わず締まりのない顔つきになりながら抱き留めた沙夜は、「どうしたの？」と声を上擦らせながら訊ねた。

「父上が待ってるよ、あっちで」

黒目がちで円らな瞳が、まっすぐこちらを見上げてきた。

「そっか。ごめんね。すぐ行くから」

「一緒に行こ？」

「うん。そうだね」と言って手を繋ぐ。沙夜の掌の中にすっぽり収まるほど小さな手だ。しかし体温はとても高く感じた。

――ああ可愛い。いや、もう尊い。

果たしてこんな可愛い生き物がいていいのだろうか。心底そんなふうに思っていると、後ろから紫苑が「すっかり懐いておるようじゃな」と言った。

「会うのはこれで三度目じゃったか？　その割りには随分と仲良しじゃのう」

「あっ……申し訳ありません」と、咄嗟に振り向いて頭を下げた。「その……曜璋様のあまりの愛らしさに我を忘れました。無礼な態度を――」

「よいよい。曜璋も喜んでおるようじゃし。何より姉なのは事実なのじゃから、そう遠慮することはないのじゃぞ？　のう燕晴様」

紫苑がそう呼び掛けると、少し離れた東屋（あずまや）でお茶を飲みつつくつろいでいた燕晴が、こくりとうなずくのが見えた。

彼は元皇帝であり、沙夜の実の父だ。そして紫苑の言う通り、沙夜も曜璋も燕晴の実子である。ただし後宮の外で生まれた子供に皇族を名乗ることは許されない。血の繋がりを証明する手段がないためだ。

「どうしたの、姉上。難しい顔してる……」

「ううん。全然そんなことないよ。曜璋は気にしなくていいからね」

と言って頭を撫でてみた。本当に賢い子だ。三歳にして表情を読むとは……。

もうこの愛らしさの前では全てが無意味。姉と呼ばれることに至上の喜びを感じてしまう沙夜は、それ以上の言及を避けることにした。

「うむうむ。それで良い。それでこそ招待した甲斐（かい）もあったというものじゃ」

そもそも、紫苑がこの薬草園に沙夜を連れ出したのは、家族水入らずでゆったりと穏やかな時間を過ごすためらしい。

皇太后となった彼女は、後宮の慣例に従い、後宮の東の端にある紫陽宮に居を移すことになった。その下見をするので燕晴と二人で来て欲しいと招待を受けたのだが、それはただの名目だったようだ。

「ところで……。おぬし、緑峰殿の求婚を断ったそうではないか」

三人揃って東屋に入り、席に腰を下ろしたところで紫苑が言った。

不意打ちにびくりと体を震わせつつ、「どこでその話を……？」と沙夜が訊ねると、

「誰でも知っておるぞ？　うちの侍女達も全員」と紫苑は答える。

曜璋はきょとんとした顔をしているが、燕晴は湯飲みを口に運びながら平然としていた。やっぱり父にも知られていたか、と沙夜は頬を引き攣らせたが、紫苑は構わず続ける。

「まあ断ったのなら丁度良い。あと十二年……成人するのを待ってから、曜璋の妃になってはくれんか？　それなら妾も安心じゃ」

「い、いえいえ。さすがにそれはどうかと」

予想だにしない発言が飛び出し、体が勝手にどぎまぎとしてしまう。

「姉だと言ったばかりではありませんか。血の繋がりもしっかりありますし、年の差だって……」

「儒教が禁じておるのは同姓婚だけじゃ。姓が違えば近親でも構わぬ。それに年齢差は障害になるまいよ。後宮では珍しくもない話じゃ。母子ほど年の離れた先帝の妃を貰い受ける皇帝もざらにおるからのう。御子が産めればいいのじゃよ、御子が」

冗談なのか本気なのかわからず、沙夜は「お戯れを」と愛想笑いを返す。

そりゃ紫苑ほど美しい女性ならば、いろいろな垣根を跳び越えて求婚されることもあるかもしれないが、こちとら凡人である。顔も体も凹凸の少ない造りだと自覚しているのだ。禁断の関係に踏み込んでまで、この少年に求婚される未来はない。

どうせ緑峰だってそうなのだろう。沙夜自身に魅力を感じているわけではなくて、沙夜の持つ白澤の知恵が欲しいだけなのだ。そうに決まっている。

「――むう？　口ではなんぞ言いつつも、やっぱり緑峰殿がよいのか？」

沙夜が物思いに耽ったのを見て別の意味にとったのか、紫苑は眉を八の字にねじ曲げた。

「それともまさか、白澤様に懸想しておるのではなかろうな？」

「待って下さい。懸想するも何も、わたしにとっては全てが寝耳に水の話でして……。後宮で色恋をしようなどと考えたこともありませんでしたし」

「いやいや、本来は色恋をする場所なのじゃがな？　……まあ、曜璋の将来を思えば、緑峰殿の誘いを蹴ってくれたのは正直有り難い。やっぱり皇位は渡さない、などと言い出す可能性もあるからのう」

「緑峰様に限ってそんなことは……ですよね？」

父、燕晴に向けて視線を送ると、彼は穏やかな顔で首肯を返してきた。

「緑峰は権力に溺れるような人間ではない。むしろ皇帝の重責に潰されないかどうかが心配だな」

「それでもじゃ。やがて地位が盤石となれば、権力に目が眩んだ輩が周りを固めぬとも限らぬじゃろう。それが曜璋の排斥に動いてもおかしくはあるまい？」

「そんなのわたしが許しません！」

思わず腰を浮かせて声を上げてしまった。

排斥の手段においてもっとも手っ取り早いのは暗殺だ。そんなの到底許せる行為ではない。この幼子の無垢な笑顔を取り上げる何者かがいるならば、沙夜は身命をなげうってでも対抗する。今、そう誓った。

「難しいものだということじゃよ、政治はな。……それに、時を経れば人は心変わりをするからのう。緑峰殿がそうなったらおぬしが止めてくれるか？」

「わたしにできることであれば、何でもします」

「ふむ。ならば今はそれで良い。しかしそうなると……」

　紫苑は袖で口元を隠しながら、何やら思案げな目つきになった。

「今度は緑峰殿が可哀想になってくるのう。あの性格からして、きっとおぬしを守ろうとしたのじゃろうし」

「……え？」

　沙夜は一瞬、呆気にとられた。

「わたしを、守る、ですか」

「そうじゃ。はっきり言って曜璋よりもおぬしの立場の方が、余程危険じゃからの」

「危険って、どういうことでしょうか」

「継承の儀であれだけの大立ち回りをしておいて、噂が広まらぬとでも思っておるのか？　妾の侍女がひそひそ話をする程度には広まっておるよ」

　声が聞こえたのか、視界の端で控えていた何人かの侍女の肩が、びくりと震えるのが見えた。

「いわく、白陽殿の夜叉姫は天の裁定者である、とな。臣下に二心あらばただちに首と胴が今生の別れをすることになると」

「デタラメです！　事実無根でございます！」

慌てるあまり、声を張り上げて訴える。

「わたしなど、どこにでもいる宮女の一人に過ぎません！　ただ白澤様の薫陶を受けているだけで……。そんな物騒な噂を立てられるようなことは、何も」

「実際に綺進の首をはねたのは、おぬしではないかもしれん。目には見えぬ神獣かもしれんが、今となってはその意味は変わってしまっておる。次期皇帝となる緑峰殿の命を、おぬしは救ったのだ。それを緑峰殿が恩義に感じておらぬはずはないし、周りの目はどうか。次期皇帝は白澤の庇護下にあると思うじゃろう」

　そうは言われても、実際のところハクは、人の世のいざこざになど一切興味はない。

　それに、継承の儀の場で緑峰を助けたのはただの偶然である。あの場に居合わせたから勝手に体が動いただけだ。命を狙われたのが誰であっても助けただろう。最近では蒸し暑くなってきたため、外出することすら厭う有様（ありさま）だ。

「いくらおぬしが否定してもな、それが世論というものよ」

　紫苑は続ける。

「このままおぬしが緑峰殿の妃になるのならそれでもいい。みなも納得するじゃろう。次期政権は白澤の庇護を受けて盤石なものとなる。しかしおぬしが断ったという話が広まればどうなるか。下賜してくれとの申し出が今頃殺到しておるかもしれんぞ」

「……わたしは競りにかけられる野菜か何かですか？」

「野菜ではないな。やたら値の張る薬くらいのものじゃ。それだけ白澤様の知恵には価値があるということ。そしてそれをおぬし自身が証明してしまったわけじゃな」

「何だか頭痛がしてきました」

自分の額に手を当てていると、「大丈夫？」と隣に座った曜璋が袖を引いてきた。話の内容はほとんどわからなかっただろうに、気遣ってくれるだなんて本当に良い子である。何とか笑顔を向けて「大丈夫だよ」と答え、沙夜は紫苑に目を向ける。

「わかりました。緑峰様がわたしを守ろうとしたという意味が」

「そう。後宮は今や、おぬしにとっては最も安全な場所であり、さらに皇帝の上級妃という立場は誰にも手が出せぬ聖域じゃ。そこに匿おうとしたのに、まさか断られるとは思わなかったじゃろうなぁ」

「……悪いことを、しましたかね」

「どうじゃろうな。まあ臣下の誰かに、『次期皇帝に求婚されて喜ばぬ女などおりませんよ』などと煽られてその気になった可能性はあるがな」

「ははは。まさか、そんな」

ありえる。緑峰とそれほど接点があったわけではないが、生真面目で融通がきかず、人から向けられる悪意に鈍感で、信じたものを一途に信じ込んでしまう人物だという印象がある。

「それにのう。後宮暮らしが長かった緑峰殿にとって、おぬしはこれまでにないものとして目に映ったのではないか？　後宮にはおぬしのような女はおらぬからな」

「褒められている気がしませんが」

「良くも悪くも新鮮だったということじゃろう。後宮の女にはな、大抵何かの後ろ楯があるものじゃ。妃にすれば外戚関係が必ず結ばれてしまう。……だが、そこへいくとおぬしには何もなかろう？　だからこそ本音で付き合える関係にもなれる。さらに言えば白陽殿には燕晴様もおられるからな。お渡りとなれば、緑峰殿は大手を振って兄に会いにいけるという寸法じゃ」

「……それ、完全におまけじゃないですか、わたし」

「憩いの場、というやつじゃ。政務に疲れ果てた皇帝が心からくつろげる場所の一つや二つ、あって然るべきじゃろう？　目くじらを立てるようなものではない」

「仰ることはわかりました。……まだ納得はできませんが」

紫苑の言うことはいちいちもっともだ。沙夜が妃になることを受け入れるかどうかは別問題ではあるが、緑峰に対して抱いていた怒りが薄らいでいくのがわかった。

よくよく考えてみれば、彼は父である燕晴の弟だ。つまり沙夜にとっては叔父に当たる人物である。あまり無下にもできない。

後宮で沙夜が見つけた何よりの宝物は、家族という名の絆だ。だから緑峰もまた、家族として受け入れたい。今のところ、夫としては無理だが……。

「理解できたのなら、もう一度ちゃんと話し合うといい。緑峰殿とな」

「すみません……。何だかご心配をおかけしてしまって……」

「なに、構わん。そしてやはり決裂したならば、そのときは曜璋の嫁になればよいからの？　なかなか好かれておるようじゃし」

「いやぁ、それもちょっと……」

愛想笑いを浮かべつつ、沙夜は目を泳がせた。

燕晴は涼しい顔でお茶を飲んでいる。どうも紫苑を止めてはくれないらしい。緑峰への対応についても、沙夜の自主性に任せる方針のようだ。

とはいえ、決断をするにはいろいろと覚悟が足りない。肩にずっしりとした何かが乗っているような重みを感じる。だって今までは、こんな悩みとは無縁の世界で生きてきたのだから……。

何となく居心地の悪ささえ感じ始め、それを誤魔化すためにしきりに曜璋の頭を撫でていると、ようやく察してくれたのかやがて紫苑がこう告げた。

「──さて、その話はここまでとしよう。曜璋も退屈しておるようじゃ。遊んでやってくれるか？」

「はい、喜んで！」

勢いよく席を立つ沙夜。これでようやく解放される。曜璋の可愛さだけを思うさま堪能できる……と高揚しかけたが、「ああ待て。そういえば一つ相談事があったのじゃった」と紫苑が続けたので出鼻をくじかれてしまった。

「……ええと、相談ですか？」

「うむ。……燕晴様。明日、沙夜を少しお借りしてもよろしいか？」

「ああ、構わない。沙夜に作って貰った杖も補助具もあるしな。大抵のことは一人でできるようになった。ただ帰りが遅くなるようなら、おまえの侍女に送らせてくれ」

と、何やらすぐに話がまとまってしまった。

燕晴は熱病によって生死の境を彷徨い、一命は取り留めたのだが、その代償として足に麻痺が残ってしまったのである。そこで沙夜がハクの教えを請い、足に装着する関節補助具と片手杖を作成したのがつい先日のことだ。

「では明日、沙夜だけまたここへ来てくれ。時刻は昼過ぎでよい」

「え？　あの、どちらに行かれるのですか？」

「なに。ここと同じく、ただの花園じゃ。後宮のはずれにある、な」

彼女はそこで、何やら声色に深刻性を滲ませながらこう続けた。

「――枯れていく花を看取るための、特別な場所じゃよ」

その翌日、紫苑に連れられて辿り着いた場所は、東宮の外れにある歴史を感じさせる建物だった。

外壁に使われているのは、煉瓦と呼ばれる赤土を練り込んだ石材らしい。そのせいかどこか異国情緒を感じさせつつも、周囲の森林に溶け込んで厳かな雰囲気を醸し出していた。

「後宮内にいくつかある診療所の中でも、もっとも古い場所でな。今は重病人の療養所として使われておるのじゃ」

紫苑は端的にそう説明するなり、ずんずん歩いて敷地内に入っていった。沙夜は遅れないようにそれについていく。紫苑に付き従う三人の侍女とともに。

「邪魔するぞ」

入り口の重そうな扉を抜けて施設内部に入ると、すぐに誰かが迎えに出てきた。

見る限り、老人と言っても差し支えない年代の男である。

「これはこれは、皇太后様。本日はどのような御用向きで？」

「何、いつもの見舞いじゃ。適当にぶらつくので仕事をしていてよいぞ、良順」

「はは、それは助かりますな」

良順と呼ばれた男は、そう言って顔を綻ばせた。

加齢のせいか腰が曲がっており、沙夜と同じくらいの背丈しかない。さらに真っ白に染まった髪を首の後ろでまとめており、顔も皺だらけでまさに好々爺といった印象だ。診療所に勤めているということは後宮医師なのだろう。当然ながら宦官である。

「実は今、まさに診察中でして……ん？」

彼はそう言って沙夜に目を留めると、興味深げに「ほう」と息を放った。

「もしや白澤様のお弟子様だという……？　なるほど、実に理知的なお顔立ちをしておられる。いずれお会いしたいと思っておりました」

「え？　は？」

いきなり慇懃な口調になって頭を下げた彼に、沙夜は慌てて会釈を返した。こんな態度を向けられたのは初めてで、一瞬どう答えていいかわからなくなったのだ。

「ええと……初めまして良順様、沙夜と申します。あの……見ての通り若輩者ですので、そんな丁寧な言葉遣いをされる必要はありませんので」

「なるほど、謙虚を美徳としていらっしゃるらしい」

良順はやや目尻を垂らし、人の好さそうな笑みを口元に浮かべる。その態度のどこからも悪意は感じられない。先程の言葉も美辞麗句の類ではないのかもしれない。

「医学の祖である黄帝陛下に、叡智を授けたとされる白澤様……そのお弟子様に比べれば私など無知蒙昧の徒に過ぎますまい。敬意を捧げるのは当然ですよ」

「そ、そんなことはありません」と慌てて沙夜は口にした。「その、良順先生はたくさんの患者さんの病を治してこられたのですよね？　わたしは実践経験なんてほとんどなくて……」

「ならば、これから経験を積めば良いだけです。……皇太后様もそのつもりでここへ来られたのでしょう？」

「まあ、そういうことじゃ」

恐縮する沙夜の肩に手を置いた紫苑が、意味ありげな視線を向けてくる。

ああなるほど。昨日ははぐらかされたが、相談事とはそれか。この療養所で静養しているという重病人の診察を、沙夜にさせるつもりなのだ。

「それより良順、診察は良いのか？　妾達のことは気にするな。いつも通り、勝手に見舞いをして帰るゆえな」

「おお、そうでしたな。では白澤様のお弟子様、またの機会にお話を――」

「――ねえ先生、まだですの？」

と、そのとき部屋の奥から、やけに可憐な声が聞こえてきた。

診察中の患者だろうか。そう思っているうちに、天日が届かぬ薄暗い回廊の先から歩み寄る人影が徐々に明らかになってくる。

「…………っ!?」

思わず声を出しそうになり、沙夜は慌てて自分の口に手を当てた。

異様である。

その人物は、背格好だけを見れば年若い女性だろう。だがわかるのはそれだけだ。

何故なら彼女は、やけにつばの広い黒帽子を被っており、そこから紗を垂らして首から上を覆い隠していたからである。

さらにだ。うっすらと見えるその顔は、仮面で隠されていた。

目と鼻、それから口元に穴が開けられているだけの不気味な仮面だ。色は白一色で、質感から言って恐らくは陶器で作られたものだろう。

「……そなた、晨曦殿じゃな？　仮面で隠しておるからわからなんだが」

紫苑が訝しげな声で問い掛ける。すると仮面の女はゆっくり腰を折り、手袋をした手で襦裙の裾を持ち上げ、優雅に礼を取った。

「これは皇太后様。知らぬこととは言え、挨拶が遅れました。申し訳ございません」

「いや、よい。……まさかこんな場所で会うとは、妾も思わなかったからの」

そう言って、紫苑は次に沙夜に目を向けてくる。

「晨曦殿じゃ。北の燎から来られた方で……つまりは異国の姫君でな。緑峰殿が正妃に指名した方でもある」

「せ、正妃様ですか？」

沙夜は驚きの声を上げてしまう。我知らず、条件反射のように。

次期皇帝が正妃に指名したということは、つまり次期皇后になる人物だということだ。この仮面を被った怪しげな女性が、後宮の頂点に君臨することになる。そう言われれば驚くのも当然だった。

皇后というのは役職名の一つだ。皇帝の妃というだけでなく、女官の頂点でもある。

つまり彼女がこれから先、後宮内における政務の一切を取り仕切ることになるわけだ。

彼女がしっかり舵取り（かじと）をできなければ、側近の女官や宦官の言うままに制度を改変しかねない。その懸念は後宮宮女にとって、死活問題に直結するものである。

「ええと、その……。晨曦様、お初にお目にかかります。沙夜と申します」

「………………」

危惧はともかくとして、とりあえず挨拶をした沙夜だったが、晨曦からの返答はなかった。それどころか、両目部分に開けられた仮面の穴から、凍気を感じるほどの冷たい視線が向けられているようだ。

「あ、あの。沙夜と申します。今は白陽殿という場所に勤めておりまして」

「どうでもいいですわ、そんなの」

晨曦はぷいっと顔を背けた。

「礼儀知らずにも程がありますわよ。どうしてあなたが先に口を開くのかしら」

「えっ……？　どういうことでしょうか」

「知らないはずがないでしょう？　侍女ごときに挨拶をされる謂(い)われはありません。侍女が口を開いていいのは、目上の者から話しかけられたときのみです。わたくしはあなたに話しかけたかしら？」

「いえ、それは……確かにそうですけれども」

「なら引っ込んでらっしゃい。皇太后様の侍女とはいえ、身分を弁(わきま)えることですね」

「まあ待て、晨曦殿」

しばらく成り行きを見ていた紫苑が割って入った。

「無礼については妾の方からも言い含めておこう。それよりもおぬし、この療養所に何用じゃ？　どこか体調でも悪いのか？」

「……ええ、その通りですわ。それが何か？」

「いや何、綜の医術はおぬしの国と比べて、一歩も二歩も先んじておるじゃろう？　それを目当てでやってきたのではないかと思うてな」

「おっしゃる意味がよくわかりませんが」

晨曦はそう答えたが、かすかな声の震え方からして、どうやら図星のようだ。

沙夜にもようやく話が飲み込めてきた。異国の姫である彼女が綜に嫁いできたのは、政治の面からすればたくさんの意味があるだろう。両国の親善や交流の活性化なども、彼女が正妃になればきっと叶えられるに違いない。

だが彼女個人としては、どうやら別の思惑がありそうだ。顔全体を執拗（しつよう）に覆い隠すようなあの格好からして、恐らくは何かの病に体を冒されているのではないだろうか。だから、医術の先駆けである黄帝が興したこの国にやってきた。きっと本国では治らなかった難病に違いない。

治療への一縷（いちる）の望みをかけ、人目を忍んでこの外れにある診療所にやって来たのだ。

今まさに良順にその相談をしていたところなのだろう。なのに話の腰を折られ、いてもたってもいられなくなって出てきたというのが真相なのではないだろうか。

「もしも皇太后様の仰る通りでしたら、何か問題がございますか？」

どうやらかなり気の強い性質のようだ。晨曦は言葉を返してくる。

「わたくしは緑峰様の妃として、この国に骨を埋める覚悟をしております。そのために病を治そうとして、何が悪いんですの？」

「問題はない。ないが……それなら沙夜と仲良くしてもバチは当たらんと思うてな」

そう言って紫苑は、沙夜の背中を押して一歩前に出させようとする。

「沙夜は妾の侍女というわけではない。おぬしも噂くらいは耳にしたのではないか？白澤の弟子が現れた、という話を」

「……白澤の、弟子？」

晨曦が再び沙夜に視線を向ける。今度は値踏みするような気配を感じた。

「万病の治療法を知るという、叡智の神獣の……？　とてもそのようには見えませんわ。失礼ながら、あまり品のない顔立ちに思えますが」

顔は関係ないだろうに、と沙夜は内心憤った。しかし相手は正妃候補だ。

口を噤んでいると、やがて「ふふ」と紫苑が微笑を漏らす。

「本当のことじゃ。もしも良順が治せぬような病であれば、この沙夜に相談するのがよかろうて。そのときのために今のうちから友誼を結んでおくべきだと思うが？」

「いいえ。その必要はございません」

最初の印象が余程悪かったのか、晨曦は取り合おうとはしなかった。

「最低限の礼儀も知らぬ、この粗野な輩に身を任せるくらいなら……潔く病を抱えたまま朽ち果てる所存ですわ」

それは少し言い過ぎではないだろうか。一言くらい言い返してやろうかと前傾したところで、

「はは、皇太后様。それはこの老骨も酷い(ひど)と思いますぞ？」

場を和ませようとしたのか、良順が笑いながらそう口を挟んできた。

「晨曦様のお体のことは、私にお任せ下さい。それより他に用事があったのでは？」

「ふむ。そうじゃった。では失礼する」

行くぞ、と続けて沙夜に告げ、すぐに紫苑は歩き出した。ずっと黙って聞いていた三人の侍女達も足音をさせず後についていく。

少し遅れて沙夜が追いかけようとしたところで、擦れ違い際に晨曦と目が合った。

彼女の目はやや血走っており、確かな怒りがその瞳の内側に感じられた。

「──まずはここじゃ」

紫苑に案内された先は、療養所の最奥の部屋だった。やけに埃っぽく、湿気も多い区画だと思ったが、どうやら廊下に窓がないせいらしい。

廊下の左右に並ぶ戸の奥は、それぞれ小さな個室に繋がっているようだ。布のかけられた窓と架子床と鏡台が置かれているだけの部屋で、見るからに辛気くさい。

戸にはそれぞれ覗き窓が取り付けられており、「覗いてみよ」と言われて中を見ると、顔色の悪い痩せた女性が一人、物憂げな顔つきで鏡台の前に座っていた。

「……まるで独房みたいですね」

素直な感想を口にすると、紫苑は「ああ」と小声で肯定する。

「彼女にとっては、この方が落ち着くらしいのじゃ。ああして日がな一日、座ったり寝たりするだけでな。もはや声を荒らげることも、悲嘆にくれることもない。静かに死期を待つのみで……」

返す言葉もない。だから昨日、花園だと紫苑は言ったのか。感情を失った人間を、植物になぞらえて……。

誰も寄りつかないこんな薄暗い場所で、ただ孤独に死を迎えるのを待つばかりだなんて、正直沙夜なら耐えられない。憐れに過ぎる。

「だから、何とかできぬかと思ったのじゃ」

紫苑は力の籠もった眼差しを向けてきた。

「白澤の弟子であるおぬしなら、まだ救える命があるやもしれぬ、とな」

「……お話はわかりました。ですけど、どうして今なのです？」

疑問に思った。紫苑が白澤の弟子としての沙夜を評価してくれているのはわかる。でもそれなら、ここに連れてくる機会はこれまでにもあったはずだ。

と、そこまで考えて気付く。

「ああ、なるほど。後宮再編があるからですね？」

「うむ。皇位継承の儀が終われば、後宮の妃は全員異動となる。宮女ならば同じ立場に留まり続ける者も多かろうが、先帝の妃たちはそうはいかん。実家に帰る者が大半じゃ。……まあ燕晴様のお手つきがなかった者に関しては、妃として残る道を選ぶかもしれんがな」

皇帝が変われば後宮も変わらざるを得ない。先帝の妃だった者は全員が後家となる。

しかも今回は、公には先帝——つまり燕晴は病で崩御したことになっているのだ。

昔は皇帝の後を追って自害する者や、出家して尼になる者も多かったらしい。

「では、この療養所にいる方々は……」

「個室が割り当てられていることでもわかろう。みな元上級妃じゃよ。病持ちのため妃として残留することはできんし、かといって実家に帰っても将来は明るくあるまい。御子を授からなかったのじゃからな」

だからこのまま帰らせるのは忍びなくてな、と彼女は続ける。

「治せる病なら、治してやりたい。そして、後宮を出て新たな人生を歩んで欲しいのじゃ。そう考えるのは傲慢かの？」

「紫苑様らしいお考えかと。……以前、後宮のお妃様も宮女も、みな家族なのだと仰いましたよね？　わたしはその言葉に感銘を受けましたので、よく覚えております」

「いろいろな柵があって行動が伴っておらぬかもしれぬがな、そのつもりじゃよ」

「でしたらわたしも助けたいと思います。どこまでできるかわかりませんが」

「そう言ってくれるなら、ありがたい」

にっ、と快活な笑みを浮かべて、紫苑は沙夜の腰に手を添えた。

それを合図に彼女は戸を開け、室内へと足を踏み入れていく。すると、鏡台の前で萎(しお)れた花のように黄昏(たそが)れていた女性が振り向き、「これは皇太后様」と頭を垂れた。

「よい、楽にしてくれ」

朗らかに呼びかけて、紫苑はその近くへ歩み寄っていく。

「体の調子はどうじゃ？」

「悪くありません。良くもありませんが」

頬のこけたその女性は、儚げな笑みを浮かべて答えた。見るからに肌に張りがなく、長い髪の毛も木の根のように光を失っており、ただ肩から垂れ下がっていた。

「こちらは沙夜じゃ。妾が信を置く者でな、こう見えて医術に造詣が深い。おぬしの様子を見てもらおうと連れて参ったのじゃ」

「そうですか」

特に感慨もない口調で女性は言い、力のない視線を沙夜に向けてきた。

「ではよしなに」

それでも晨曦のように反発するわけではないらしい。いや、もはやその余力も思考力もなくなっているのか。

「よろしくお願いします」と沙夜はお辞儀をしつつ一歩前に出て、枯れ枝のように細くなった彼女の腕を持ち上げた。

療養所の個室には、全部で五名の患者が静養していた。

奥の部屋から順に診察していったのだが、四名の症状は同じだった。皆一様に食欲がないと言い、それが事実だと物語るように痩せこけていた。さらに全身の倦怠感を訴え、瞳の奥も酷く虚ろで、足はむくんでおり麻痺が出ている者もいた。

また、手足に力が入らないと言うので、廊下を戻って良順に槌を借り、膝のやや下にあるくぼみを叩いてみた。やはり誰も、ぴくりとも動かなかった。

「──脚気ですね。恐らくは」

「やはりか」

紫苑は難しい顔つきになった。どうやら良順も同じ診断を過去に下していたようだ。

ただ幸いにも、沙夜は脚気という病の本質を理解していた。歴代の白澤の弟子が綴った〝白澤図〟に、しっかりと明記されていたからだ。

脚気の原因はわかっている。体内において〝維生素〟と呼ばれる必須栄養素が欠乏することだ。維生素とは字の通り、生を維持する素である。それを補えばすなわち病は治る。この治療法は隋代には確立されており、唐の中期には脚気患者などほとんど見かけることはなくなったらしい。

ただしここは後宮だ。皇帝の寵愛を得るため、理想の体型を維持するために過度の節食を行う妃は後を絶たない。酷い例では、一日一食白粥のみで過ごす妃もいるそうだ。もちろんそれでは維生素を摂取することができない。

「――では、この部屋で最後じゃ」

脚気の治療法について説明する前に、紫苑が最後の部屋の戸を開けた。

そこはこれまでにも増して薄暗く、窓は閉め切られており、嗅いだことのない異臭がする部屋だった。

そして床の上に寝かされた女性の顔を見るなり、沙夜は思わず顔を顰めてしまう。

「……瘡病、ですね」

女性は完全に眠りに落ちているようだ。ならば遠慮をしていても仕方がない。沙夜は足を進め、その全身をくまなく観察していく。

火傷のように顔の皮膚が爛れ、ところどころに水疱ができている。どうやらそれが異臭の原因のようだ。恐る恐る触ってみると、思ったよりも硬い。腫瘍になっている。

――楊梅瘡だ。

またの名を梅毒……。沙夜は我知らず奥歯を噛みしめていた。

脚気とはわけが違う。治療法は存在しない。古くから性交渉を通じてうつる病気だと言われているが、ごく稀に親から子へと受け継がれることもあるそうだ。

「良順によると、最も余命が短いのがこの娘らしいのじゃ。治るか？」

「……難しいかと」

そう答えるとすぐに、紫苑が手招きをして廊下に出るように告げた。

沙夜はうなずきを返し、足音を消しながら部屋の外に出ると、しっかり戸を閉めてからこう訊ねる。「いつからこの状態なのですか？」

「二年前からじゃな。……とはいえ、普段は陽気で饒舌な娘なのじゃぞ？　良順に水銀の丸薬を処方されていてな、それを飲むとしばらくは元気になるのじゃ。爛れた顔は元には戻らんが……」

「水銀、ですって？」

瞠目しながら沙夜はそう呟く。すると紫苑は不思議そうな顔をした。

「それがどうかしたか？　確かに完治には至らなかったようじゃが」

「い、いえ……」

と、言葉を濁した。白澤図には、『水銀を体内に摂取すると毒になる』と記されている。しかし、俗に『不老長寿の秘薬である』とする説も存在することを沙夜は知っていた。むしろその認識の方が一般的かもしれない。

だとすれば、致命的になりえるのは水銀中毒の方だろう。楊梅瘡は皮膚に醜い瘡を浮き立たせる病ではあるが、直ちに命を脅かすようなことはない。血管や内臓などに腫瘍が生まれない限り、十年、二十年と生きながらえる例も少なくはない。

「……実は彼女は、元賢妃でな」

「えっ」

賢妃、と聞いて沙夜は目を丸くした。

後宮の妃には明確な序列がある。中でも四夫人と呼ばれる存在は、皇后に次ぐ地位にある者として知られているのだ。

貴妃、淑妃、徳妃、賢妃は正一品の位にあり、下手な大臣よりも発言権を持っているといわれている。沙夜はその中では貴妃にしか会ったことはないが、同格の妃が後宮の外れにある療養所でただ死期を待っているだなんて思わなかった。何てことだ。

「父――燕晴様はこのことを？」

「伝えておらぬ。主上に心労をかけたくなかったのでな。……そして賢妃もそれを望んでおった」

物憂げな顔をする紫苑。どうやら踏み込むべきではない話題のようだ。

「……のう沙夜。もう一度聞くが、治す方法はないか？　妾にできることならば何でもする心づもりじゃ」

「ありません」

と、断言するしかなかった。そもそも楊梅瘡だけでも手に負えない。その特効薬は存在せず、ごく初期ならば治療法はあるものの、あそこまで進行してしまってはどうにもならない。ましてや水銀中毒なんて……。

そう考えていると、廊下の方から足音が聞こえてきたことに気が付いた。

「──白澤の弟子というのは、その程度ですの？」

黒い帽子に白い仮面。やけに挑戦的な口調で突っかかってきたのは、先程診療所の入口で出会った正妃候補、晨曦だった。

「聞いて呆れますわね。結局は何もできないのではないですか。あなたがどのようにして皇太后様に自身を売り込んだのか、それが一番気になりますわ」

「晨曦殿、そう言ってやるな」

紫苑はすぐに助け舟を出してくれた。

「病は天運のようなものじゃ。治らぬものの方が遥かに多い」

「ええ、もちろんわかっておりますわ。そのくらい」

彼女もまた難病に体を冒されているのだろう。それが窺える程の暗い声で返して、さらにこう続ける。

「ですがその程度ならば、神獣の御利益とやらもたかが知れるというもの。みなさんが噂するようなものではない、とわたくしは言いたいのです」

「いえ、全員が治せないわけではありません」

ハクを馬鹿にされた気がして、沙夜は思わずそう反論した。

「楊梅瘡は無理ですが、脚気の治療法は確立しています。治せます」

「まだ口から出任せを言いますの？」晨曦は鼻で笑うようにした。「脚気だって治りませんわよ。そんなの子供だって知っています。風毒の一種ですからね、祈禱と呪い祓いに頼るしかないでしょう」

「そうじゃな」

と、紫苑までが同意したので「えっ」と沙夜は驚いた。

「ちょ、ちょっと待って下さい。脚気は治りますよ？」

「嘘おっしゃい」

「嘘ではありません！　脚気とは、体内の必須栄養素が枯渇することによって引き起こされる病気です。だから食餌療法によって完治します！」

「聞いたこともありませんわ、そんな話」

冷笑混じりの口調で晨曦は言う。

「脚気は生まれつきの病です。汚れた土地に縁のある血族のみに現れる、いわば呪いのようなものですわ。食べ物で治るだなんて有り得ません」

「待って下さい！　皇太后様は御存知ですよね？」

「いや、すまぬが妾も同意見じゃ」

助けを求めて名を呼んだ沙夜に、紫苑は首を横に振ってみせる。

「脚気は治らぬ。もうたくさんの人々が、脚気で死ぬところを妾も見てきた。それが食事で治ると言われてものう……。そもそも食欲が失せる病なのだし、体が風毒を外に排出しようとしているのではないか？」

「違います！　食欲不振は代表的症状の一つですけど、それとは関係が」

「ならば治してごらんなさいな」

顎を上げながら手で口元を隠し、愚か者を見下ろすような目つきをして晨曦は言い放った。

「もし本当に脚気が治せるなら、あなたのこと、少しは信用して差し上げてもよろしくてよ？　本当にできるなら、の話ですけれど」

そう言って、如何にも憎たらしい笑い声で「ほほほ」と笑う。

おのれ、と沙夜は思った。腹の底から怒りが込み上げてくる。

壁一つ隔てたあの寂しい部屋には、病に苦しむ患者達が今も世を儚んでいるのだ。

なのにまるで賭け事の対象のように……。

「わたしにできることはします。でもそれは、あなたの信用を勝ち取るためなどでは決してありません」

眦(まなじり)を決してそう言うと、晨曦も口元から笑いを消して睨(にら)み付(つ)けてきた。

「……へえ、言うじゃありませんの。だったらお手並み拝見といきましょう。結果はいつまでに出していただけるのかしら？」

「それは……」

脚気の治療法は知っている。ただし実践経験がないため、いまいち自信が持てないのも事実だった。だからそこで足踏みをしてしまったのだが……。

「――待て、おぬしら」

不意に真剣な顔になった紫苑が、口元に指を当てて「しっ」と鋭い音を出した。

「診察室の方が騒がしいようだ。何か起きたのかもしれん」

「……え？　何かって、何がです？」

廊下の先に向けて耳を傾けた晨曦。沙夜も同じようにしてみると、誰かが大声で喚(わめ)いているのだとわかった。

さらに耳を澄ますと、かろうじて聞こえた。

　どうか彼女を助けてくれ――と。

　その声が鼓膜を震わせた瞬間には、沙夜は弾かれたように駆け出していた。

　診察室は火事でも起きたかのような喧噪に包まれていた。その中心にいるのは良順と、やけに人相の悪い大柄な宦官のようだ。

「早く毒を吸い出してくれ！　このままでは彼女が！」

「ええい、少しは落ち着きなされ！　物事には順序というものがあるのだ！」

　良順はそう言って診察台に歩み寄り、そこへ寝かされていた女性の肘を麻紐で縛りつけた。止血の処置に見えたが、どうやら違うらしい。

「まずこうして関節部を縛り、心の臓まで毒が届かないようにする。その上で、毒蛇に噛まれた場所を冷水で冷やして毒の効力を弱め、さらに傷口から毒を吸い出すのだ。これが一般的な処置法で――」

「そのくらい知っている！　先生がやらぬならオレが毒を吸い出そう」

「いや……危険だ。素人には無理じゃな。余程小さい蛇だったのか、傷口が既に塞がっておる。針で突いて穴を開け、指で絞り出すようにした方がいい」

　漏れ聞こえてくる声で、大体の状況は摑めた。どうやら毒蛇に噛まれた宮女を治療しているところらしい。その方針を巡って良順とあの大男が揉めているのだ。

「朱莉⁉　どうしたのです！」

後ろから沙夜を押しのけるようにして、晨曦が診察台に向かっていった。どうやらその過敏な反応からして、蛇に噛まれたのは彼女の知り合いのようだ。

いや、朱莉という名前には聞き覚えがある。昨日、桂花宮で沙夜を糾弾した侍女長ではないか。晨曦の侍女だったのか……。

「済まない、晨曦殿。オレが悪いのだ」

大柄な宦官が腰を深く折り、謝罪の言葉を口にした。

「朱莉殿の顔色が悪かったので、庭の木陰で涼むように勧めたのだが……そこで運悪く毒蛇に噛まれたようだ」

鼻の根に横一文字の刀傷をつけた、およそ宦官らしくない風貌の男は、必死の形相で説明を続けている。気付いたときには既に朱莉は倒れており、その直後に芝生の中をしゅるしゅると何かが逃げていったらしい。

「すぐさま意識を失う程に、強い毒なのでしょう」と良順が補足する。「一刻も早く解毒をしなければ……」

「で、ではわたくしもお手伝いします！　何をすればよろしいんですの⁉」

「水桶を持って外に出て、川から冷水を汲んで来ていただけますか？　私はその間に傷口に穴を開け毒を——」

「いえ、ちょっと待って下さい」

いささか強引ではあったが、沙夜はそこへ割って入った。

ついでに診察室の出入り口から外へ出ようとしていた晨曦の手を捕まえて、「その必要はありません」と告げる。

「良順先生、すみませんが代わっていただけませんか？」

「な……何を言っているのだ。今は一刻を争う時で」

「だからこそです。先生が先程から仰っている処置法には、明確な誤りがあります。患者の容態が悪化しかねません」

沙夜としては、晨曦にも朱莉にも思うところはある。だがさすがに誤った治療法を施され、手遅れになる可能性を看過することはできなかった。

「ど、どういうことですの⁉」

晨曦が声を震わせて訊ねてくる。さらに良順も、大柄な宦官も、背後の廊下からは紫苑までもが沙夜の挙動に注目していた。いろいろな感情が入り交じった視線が突き刺さってくるが、胸に宿る確信は揺るがない。

沙夜は嵐山（らんざん）の里と呼ばれる寒村の出だ。子供の頃から毒蛇に噛まれた者もそれ以外に噛まれた者もたくさん見てきた。だからわかるのだ。

失神した朱莉の様子を観察すれば自明である。血管の浮腫に、襦裙の胸元に広がる嘔吐（おうと）した跡。よく見ればじんましんも出ているようだ。間違いない。

「関節部を縛ることに意味はありません。毒が直接血管に注入されることは稀ですし、その場合は瞬く間に血流に乗って全身に回りますので手遅れです。関節を縛って血流を阻害すれば、それだけ体の抵抗力を失わせることになります」

言いつつ、沙夜は麻紐を解いた。

「それから、この傷痕は明らかに蛇に噛まれたものではありません。見て下さい、虫刺されのときのように、患部がぷっくりと膨らんでいますよね？　これは蛇ではなく、百足（むかで）に噛まれたときの痕なんです」

「百足、だと……？」

大柄な宦官が呆気にとられたような声を出した。彼は毒蛇の姿を直接確認したわけではない。だからその可能性に気が付いていなかったのだろう。

そもそも失神している時点で、体内に徐々に浸透する蛇毒であるはずがない。これは〝抗原抗体反応（こうげんこうたいはんのう）〟なる症状の一つに違いない。その原理はまだ沙夜にもよくわかってはいないが、原因となる毒を早く除去しなくては再び発作が起きるかもしれないと白澤図には記されていたはずだ。

「良順先生、水桶と石鹸を貸していただけますか？」

「む……わかった。持ってこよう」

診察室の奥に彼が向かったあと、沙夜はすかさず説明を加える。

「実は、真逆なんです。先程、良順先生が仰られた一般的な蛇毒への対処法と、百足毒への対処法は真逆です。患部を冷やしてはいけません。ぎりぎり火傷しない熱さのお湯で温める必要があります。そうすれば毒性は消えます」

「そうなのですか？」と晨曦。「誰か、すぐにお湯を！」

そこで「おい」と紫苑が侍女に指示を出した。それと入れ替わりに良順が水桶を持ってきたので、朱莉の腕の嚙み跡を石鹸で丁寧に洗うことにする。

そして処置をしながらふと思う。百足は大型のものになれば鼠を補食するものもいるという。嚙み跡からして、これはかなり大きい。そう考えたところで翅を千切られた文文の姿が頭に浮かんできた。

百足は蜂の天敵になりうる存在だ。さらに蠱毒などの呪術に用いられる虫でもある。妖異化していても不思議ではない。被害が広がる前に駆除しなければ……。

「湯が沸いたようじゃぞ、沙夜。どうすればいい？」

「水桶の中に熱湯を注いでいただけますか？ そしてかなり熱めの温度を保つようにして下さい。肌がぴりぴりと痺れる程度です」

指示を聞いた侍女の一人がうなずき、しゅんしゅんと音を立てる薬缶を持って水桶の中に湯を注いでいく。この時点でかなり熱い。だが我慢だ。

いつしか、誰も彼も一言も発しなくなり、診察台の近くから成り行きを見守るようになっていた。良順も遠巻きにではあるが、同じようにしている。

そして処置を続けるうちに、朱莉が目を醒まし、激しく咳き込みながら目を開けた。まだ気分は悪そうだったが、晨曦の問いに答えられる程度には意識ははっきりとしているようだ。どうやら最悪の事態は免れたか。

「あとは安静にしていれば、良くなるはずです」

そこへきてようやく、沙夜は安堵の息を吐いた。

快復の見込みはあったが、この症状から心停止に至る例もある。助けられない可能性もかなりの割合であると思っていただけに、朱莉が自分の足で歩けるようになったときには思わず涙ぐんでしまった。

するとさすがの晨曦も感銘を受けたのか、帰り際にはしおらしい態度になって何度も沙夜に向かって頭を下げた。

「……これまでの無礼はお詫びします。お礼はまた日を改めて」

療養所の門前で晨曦はもう一度だけ丁寧に礼をして、侍女と宦官を引き連れて去っていった。そこでふと気付くと、いつの間にそれだけの時間が経ってしまったのか、鮮やかな夕陽が景色を赤く染めていた。

見送る沙夜の体は疲労によってずしりと重くなっていたが、心の中は嵐が過ぎ去った後のような静けさに満ちていた。本当に、何とかなって良かった……。

白陽殿に戻り着いた頃には、完全に日が暮れ落ちていた。

「――えええ！　晨曦様に会ったの!?　あたしも会いたかったな～！」

厨房にて夕餉の準備を手伝っていると、笙鈴が沙夜の話に過剰な反応を見せた。

「笙鈴がそんな反応をするってことは、何か噂が流れてるの？」

「そりゃそうよ。今、後宮の台所はその話でもちきりだよ？　だって仮面の女なんて凄く神秘的じゃない」

「神秘的というより怪しさしかなかったけれども……。ちなみにその噂、どんな内容か聞いてもいい？」

「ふふん。いいよ。教えてしんぜよう」

何やら自慢げに笙鈴は言う。

彼女は後宮内では尚食という役職に当たる。その名の通り、妃の食事番として厨房を預かるのが尚食なのだが、他の役職に比べて耳が早いのには理由がある。

食材の仕入れのため、毎朝皇城に程近い配給所——通称〝市場〟に彼女達は通っているのだが、そこには官吏も多くやってくる。さらに全ての宮殿の尚食が揃うため、必然的に最新の噂が耳に入ってくるというわけだ。

「つい三日前の話よ。晨曦様のお披露目は、それはもう派手だったんだって」

「派手って、式典がってこと？」

「違うわよ。派手な事件が起きたってこと！」

人差し指を立てて笙鈴は力説する。

話によると、燎から高級馬車を飛ばして皇城を訪れた晨曦は、その足で緑峰の待つ謁見の間に通されたらしい。

ただ言うまでもなく、正式な正妃のお披露目ではない。緑峰は即位前であるため、名目上は単なる登城の挨拶だったそうだ。

ただし、燎から親善のために姫が送られてくることなど歴史上初めてであり、ただの挨拶にも拘わらず、名のある大臣は総出で彼女を迎えたのだという。

　が、そこで問題が起きた。

「――一人の大臣が怒り出したんだって。殿下の前で帽子をとらず、仮面で顔を隠したままなんて、無礼ではないかって」

「ああ……そりゃあね」

　診療所の入口で出会ったときの第一印象を思い出す。あれはどう見たって妖異鬼神の類としか思えない異様さだった。あのまま謁見の間に足を進めたのなら、暗殺者がやって来たと思われても仕方がない。

「すぐさまその怪しげな面を取り、手袋を外して袖をまくって見せろ！」

　誰の声真似か知らないが、鍋をかき混ぜながら笙鈴は声を上げる。

「次期皇帝を害そうと、刃物を隠し持ってるかもしれないって。その大臣はいきり立ったそうでさ」

「わからなくもない話だけど……。で、それからどうなったの？」

「晨曦様は渋々、言う通りにしたんだって。すると、そこでもっと場がどよめいた」

「もったいつけないでよ。何が起きたの？」

「……凄く、醜かったんだって」

笙鈴は迫真の声で言った。

「顔中赤黒く腫れ上がって、ぱんぱんに膨れてたらしくてさ。腕もそれと同じで真っ赤に焼けただれたみたいになってて……赤鬼みたいだったらしいよ？」

「赤鬼を見たことはないけど、言いたいことはわかった」

やはり晨曦は何らかの病気に冒されているのだ。恐らくはおたふく風邪のように、皮膚が赤く腫れ上がる病なのだろう。それを仮面で隠していたのか。

「でも、そこからがこの話の面白いとこでね」

と、笙鈴はさらに高揚した様子で説明を続ける。晨曦の素顔を見たその場の面々は騒然となり、かなり際どい発言も飛び出したそうだ。

果たして燎は、綜国に宣戦布告するつもりなのかと。

こんな醜い姫——病持ちであろう姫を送ってくるからには、次期皇帝である緑峰を軽んじているに相違ない。喧嘩を売られたと判断すべきだ、と武闘派の大臣が怒鳴り声まで上げたらしい。

「けどね、緑峰様は晨曦様の顔を見てもまったく動じず、無言で彼女に歩み寄って、そして静かに跪いたんだって」

「緑峰様が……？」

跪いた、と聞いて、沙夜は先日の緑峰の振る舞いを思い出した。

「そして求婚したんだってさ。どうか、私の妃になってくれませんかって！」

笙鈴はそこまで言って、何故か「きゃー！」と黄色い声を上げた。

「燎って女性上位の国なんだって。だから緑峰様はそうしたに違いないのよ。そりゃ周りの大臣達は『謁見の間で皇帝が跪くなど』って騒いだらしいけど、まだ即位してないんだから別にいいよね。で、そしたらさ、感動した晨曦様ってば、その場でぽろぽろ涙流して泣き出したらしいの。『こんな醜いわたくしに……』って声を上擦らせながら……ね。すっごくいい話でしょ！」

「……まあ、それだけ聞けば、いい話のように聞こえるね」

いつしか沙夜は渋い顔つきになっていた。確かに端から見ていれば、それは感動的な場面だったかもしれない。

緑峰はその行いによって剣呑（けんのん）な場を収め、晨曦の心もがっちり掴んだ。それは事実なのかもしれないが……何だか釈然としないのだ。

だって彼は先日、沙夜の前でも同じように跪いているのだ。女性上位の国の姫だからとかではなく、〝そうすればいいと思っている〟気がしてならない。

そもそもあの朴念仁にそんな気の遣い方ができる気がしない。なのでその美談には余人の窺い知れぬ裏があると思えてならないのだ。

綜国のため、燎との関係悪化を防ぐためならば、緑峰は膝くらい笑顔で地面に擦りつけるだろう。そういう人だ。きっと晨曦は誤解している。

「えー。あんた、何が不満なのよ」

冷めきった沙夜の態度を見て、笙鈴は不服そうに声を上げた。

「素晴らしいことじゃない。緑峰様は外見で女を選ぶような人じゃないのよ」

「そうかな……それはそれでどうかと思うけど」

妃にする女の外見を気にしない男なんているだろうか。沙夜は信じられない。

大体、外見も内面も別に区別するようなものではない。全てひっくるめてその人の人間的魅力なのではないか。ならば外見で選んでも非難されるようなことではない。

むしろ外見なんてどうでもいいという心構えの方が問題に思う。病持ちの女性を妃にするということは、生まれてくる御子にも関わってくる。感染性なら他の妃にだって被害が及ぶかもしれない。そこに頭が回らない緑峰ではない。だとしたら、やはり政治判断でその行動をとった可能性が高いのだ。沙夜のときと同じように。

ただ、緑峰が打算のみで生きている人間だとも思っていない。そうしなければならない立場にあるということだ。それはとても可哀想な話であって、美談に祭り上げて誤魔化してしまう気にはなれなかった。

「だってさ、あんたに求婚したくらいだもんねー」

しかしこちらの想いをよそに、笙鈴は意味ありげな笑みを口角に浮かべていた。

「よかったね、内面だけを見てくれて！　いや、やっぱ白澤様狙いかな」

「どういう意味よそれ」

沙夜は声を低くした。自分の容姿は優れている方ではないと自覚しているが、他者から言われると腹が立つ。

「そのまんまの意味に決まってるでしょ！」

「言ったな！」

「姐々（ジェジェ）たち、お行儀悪いよ？　鍋に埃が入っちゃうから、厨房で騒いじゃ駄目」

めっ、と様子を見に来た春鈴にたしなめられ、沙夜と笙鈴は同時に「はーい」と答えた。別段、本気で喧嘩をするつもりなどない。じゃれていただけだ。

「燕晴様にそろそろ食事を持っていかなきゃいけないんだから、急いでね。もう遊んでちゃ駄目だよ？」

そう言う彼女の頭の上には文文が乗っていた。背中の翅が少しだけ再生したらしく、飛べないまでも小刻みに震動させているようだ。

了解、と春鈴に返事をして調理に戻った途端、急速に思考が冷えてきた。傷ついた文文の姿を目にしたおかげか、療養所で起きた出来事の数々が頭の中に蘇ってきたのである。

楊梅瘡はどうにもならないとしても、脚気については早急に治療方針を定めなくてはならない。後宮再編の前に、ある程度快復させなければならないのだから。

となると気になるのは、紫苑と晨曦が揃って言っていたことだ。隋の頃には確立していたはずの脚気の治療法について、どうして二人は知らなかったのだろうか。これは一度、ハクに確認してみるべきかもしれない……。

食事を終えた頃にはすっかり夜の帳が降りてしまっていた。

いつもより遅い時間にはなってしまったが、沙夜は常日頃のように書斎へ向かった。夕食後から就寝時間までは白澤図の読み込みを行うのが通例だ。ついでに気になっていることをハクに相談してみよう。

そう思いつつ書斎の戸を開けると、部屋の中央に置かれた紫檀の机の上で、一匹の白猫がだらりと伸びて寝息を立てていた。

「……ハク様。もう夜ですよ」

呆れて溜息をつきながら、沙夜は燭台に火を灯す。そのハクの寝姿が、外出前に見たものとまったく同じだったからだ。まさかあれからずっと寝ていたのだろうか。

「なんだこの蒸し暑さは……」

ハクはうっすらと目を開けて不満げな声を出す。

「くそ……だから夏というやつは嫌なのだ。いっそ雪の怪でも召喚して、都を凍土に変えてやろうか」

「それはそれで寒いと仰られるくせに……。あの、少々相談があるのですけど」

「何だ。手短にせよ。我はもう、何もやる気が起きん。あと三年は寝たい」

「やる気がないのはいつものことじゃないですか。それより聞いて下さい」

「早く言え。興味が湧いたら起きてやる」

少々言葉遣いが辛辣過ぎたかなと思ったが、彼には気にした様子も見られない。

神獣白澤は、怠惰である。〝面倒くさい〟が口癖で、出不精でいつもゴロゴロしている。いまの猫の姿はきっと彼の心根を表したものなのだろうと沙夜はいつも思う。

しかしその本性は叡智の化身だ。銀に近い白髪を風に靡かせる、颯爽とした長身の美男子なのだが……今やその片鱗はどこにも感じられなかった。

「実は今日、後宮内にある療養所に行ってきたのですが――」

聞く気があるのかないのか、再び目を閉じたハクの傍に座って一方的に語り掛けていく。後宮再編を前に、行き場のない病持ちの妃たちがいること。うち四人は脚気の症状が顕著であり、一人は楊梅瘡の上に水銀中毒。そう伝えてみたところ、

「つまらん」

と、まずはその一言が返ってきた。

「おまえの好きにするがいい。脚気の治療法は教えただろう。やってみよ。それから楊梅瘡と水銀中毒は治らぬ。少なくともこの時代ではな」

まるで遥か未来が見えているかのような物言いだ。沙夜は言葉を返す。

「ハク様も診察してみてはいただけませんか？　本当に脚気なのか、楊梅瘡なのか、わたしの見立てでは誤りがあるかもしれませんし……」

「馬鹿弟子が。そんな情けないことを言うように育てた覚えはない」

「いやわたしも育てられた覚えは特にありませんが」

ハク自身から直接教えを授けられることは多くない。基本的には自分で白澤図を読んだり、訓練の間に天狐に教わることが大半だ。ハクは本当に面倒臭がり屋なので、たまに沙夜を膝に乗せて頭を撫でたりするだけで、師匠らしいことは何もしていないように思う。

「ああ言えばこう言う……。面倒だな。おい天狐」

「はっ」

鋭い返事を発し、窓を開けて誰かが室内に入ってきた。

薄暗がりの中なのでその姿は朧気であるが、そのすらりとした痩身の影には見覚えがある。姉弟子である天狐に間違いないだろう。

「どうせ昼間、沙夜の護衛についていたのだろう？　そのおまえの目から見てどうだ。沙夜の見立てに間違いはあったか？」

「ありません」と天狐は答えた。「脚気に楊梅瘡。間違いないかと」

「ほれ見よ」

少しだけ上げていた首を戻し、猫は再びだらりと寝そべった。

「我はな、弟子を信じておるのだ。その信頼を裏切るでないぞ。あとは任せた」

「いや、面倒臭くて外に出たくないだけじゃないですか」

「そうとも言う」

「もはや隠そうともしないんですね……」

沙夜は掌を自分の額に当てて、溜息をついた。

診断が合っていたのは嬉しい。自信も少しはついた。しかし治療となると難しいのではないかと思う。患者に理論立てて現在の病状と完治までの道筋を説明しなければならないからだ。

そこに説得力を持たせられるかどうかは、実践経験が物を言う。患者に信用されなければ治療効果にも影響が出る。病は気からという言葉もあるのだ。患者自身が病気を治そうとしてくれなければ治らない。

しかもだ。脚気を治すにはやはり食餌療法が有効だが、食欲が減退している現状では断られる可能性が高い。その上、白澤の弟子を自称する怪しげな少女が持ち込んだ料理など、簡単に口に入れて貰えるはずもない。それがとても心配だった。

だからどうしてもハクには現場に同行して欲しい。そして知恵を貸して欲しいのだが……果たしてどうしたものか。

沙夜はその場でしばし黙考する。叡智の獣である白澤をその気にさせるには、一体どうすればいいのか。

彼は既知を嫌い、未知を好む。そういう性だ。

だとしたら付加価値をつけてやればいいのではないか。ただの脚気では動かないと言うのなら……。

一計を案じた沙夜は、口から慎重に言葉を紡いでいく。

「ですがハク様。どうやらその脚気、ただの脚気ではないようなのです」

「……ん？　どういう意味だ」

　ハクが寝転んだまま目だけこちらに向けた。沙夜は続ける。

「脚気は脚気なのでしょう。ですが不思議なことに、誰もその治療法を知らなかったのです。食餌療法が有効だと説明しても、ぽかんとされるだけ。脚気とは原因不明の難病――いわゆる風毒の一種であり、不治のものであると」

「ふうむ？」琴線に触れるものがあったのか、ゆっくりと首を上げるハク。「天狐、本当か？」

「はい、師父。確かにそのようなやりとりがありました」

　天狐はすぐに答えた。しかもこちらにちらりと視線を向けたところからして、沙夜の意図に気付いてくれた様子である。ありがたい。

「……愚かなことだ」

　やがてハクは長い髭(ひげ)を震わせながら息を吐いた。

「せっかく我が治療法を授けてやったのに、もう忘れてしまったのか。まったく人とは度し難いものだな」

　そう聞いた瞬間、えっ、と沙夜は声を上げた。脚気の治療法を発見したのはハクだったのか。

だが驚いてばかりもいられない。ここぞとばかりに語気を強めて口を開く。

「いいえハク様。わたしは、ただ忘れたわけではないように思います。そこに何者かの作為が介在しているのではないかと……。つまり、誰かが故意に治療法を失伝させた可能性があると感じるのです」

「ほう」

ハクはすっと体を起こした。

「ほうほうほう！　なるほどな！　なかなか面白いではないか！」

そのままぴょんと机から飛び降りると、床に着地するなりみるみる人の形に変わっていく。どうやらその気になってくれたようだ。

数瞬後、窓から蒼い月光が差し込むその場所には、長い白髪を宙に靡かせる魔性の美青年の姿があった。

「よし、では燕晴のところに行くぞ。事情を問い糾さねばな」

そう言って彼は素早く沙夜の手を取った。そして強引に部屋の外へと連れ出そうとする。

「えっ？　ちょ、待って下さい。父はもうお休みのはずで」

「知らん。起こせばよい。事は一刻を争うのだ」

何やら楽しげに言って、沙夜の言にはまるで耳を貸さず、ぐいぐい手を引っ張っていく。

やる気を出してくれたのはありがたいが、少々薬が効き過ぎたようだ。

燕晴には悪いと思いつつもハクには抗(あらが)えず、そのまま引(ひ)き摺(ず)られるようにして夜闇に塗り潰された渡り廊下を進んでいく。時刻は既に夜半に差し掛かっていた。

「――脚気の治療法が失伝……でございますか」

寝入りばなを起こされた様子の燕晴は、手の甲で目蓋を擦りつつ暗澹とした声を出した。どうやら眠気を吹き飛ばす程度には重い事実だったらしい。

「何か心当たりは？」

ハクが訊ねると、すぐに「ありません」と言葉が返ってくる。

「私自身、脚気に確たる治療法があると聞いたことはありません。自然に治癒する者もいれば、治らずそのまま亡くなる者もいる。そして後者の方が遙かに多い病であると認識しています」

「……ふうむ。となると、いつからであろうな」

顎の下に拳を置くような姿勢で、ハクは考え込んだ。

だが少し離れた場所から二人のやりとりを見ていた沙夜は、急にあることが気になってしまい、「あの、天狐さん」とこっそり訊ねてみることにした。

「今さらですけど、父さんにハク様たちが見えてるのって、どうしてなんです？」

妖異鬼神の姿をその瞳に映せる人間は少ない。特にハクと天狐の姿が見える者は、沙夜か燕晴しかいないのである。

「簡単なこと」と、天狐が耳元で囁きかけてくる。「師父が加護を与えているから。代々の皇帝には全員」

「加護……ですか？」

「そう。ごく限定的にだけれど、この国の皇帝は加護を得ることにより、師父と一部で繋がっている」

「待って下さい……。じゃあ緑峰様と曜璋様にも？」

「そのうち加護を与えることになると思う。そうすれば妖異の姿が見えるようになるだけではなく、声を聞いたり触れたりもできるようになる」

「……何だか意外です」

沙夜は本心からそう呟いた。あの面倒臭がり屋のハクが、まさかそんな神獣っぽいことをしているだなんて思わなかった。

「この国の初代皇帝と、師父との間に約定があるから。仕方がない」

「それって黄帝様ですよね？」

黄帝は偉大なる始祖の名だ。医療や政治制度、農具や楽器に至るまであらゆる分野で革新的な発明をし、この国の基盤を築いた人物だ。

「そう。でも師父はどちらかというと、その娘といろいろ因縁が――」

「……おい、うるさいぞおまえたち。気が散る」

難しい顔をしながらハクが振り向いたので、沙夜は口を噤んだ。

「話を続けるぞ。思い出してみよ燕晴。この国の史書など飽きるほど読んだであろう。そこに何か書かれてはいなかったか」

「いえ、特には……」

「我の記憶では、こうだ」

ハクはその怜悧（れいり）な横顔を引き締めつつ語る。

「脚気の治療法が世に出たのは隋の頃だ。時の宰相が我の弟子となり、その口から広まっていったはずだ。そして唐代の初めには、この都周辺からほぼ脚気患者はいなくなった。そのように覚えている」

「……では、失伝したのはその後ということになりますな。確かに脚気患者は一時期ほぼいなくなり、それが時代の移り変わりとともに増えてきたという記述には覚えがあります。相次ぐ戦乱によって生じた、瘴気(しょうき)による害だと言われていましたが」

燕晴はそこで一度黙考し、しばらくして再び口を開いた。

「すみません、白澤様。私には当時の詳しい事情はわかりませんが……推察することはできます。正直に申しますと、わからぬ話ではない、かと」

「ふむ。続きを申してみよ」

「は……。質問に質問を返すようで申し訳ありませんが、もし今、大陸中にいる脚気患者が全員完治したとしたら、どうなると思われますか」

「む……」

今度はハクが口を噤む番だった。

「そうか……そういう話か。実にくだらんな」

「え？ ちょっと待って下さい」そこで沙夜は口を挟むことにした。「わかりません。それって何の話です？」

「いいか、沙夜」と燕晴が答える。「脚気は我が国の死亡事由の多くを占めている。それがいきなり消えると……端的に言って、人が増え過ぎる」

「増え過ぎる……？　つまり、間引きということですか？」

ぽかんと口を開けて、沙夜は驚いた。人民が増え過ぎれば、食糧が足りなくなる。国家で生産できる最大数を超えてしまえば争いになる。治安は悪化し、民衆が政権を脅かし始めるだろう。

つまりは人口調整。そのためにわざと失伝させたと、燕晴は言っているのだ。

「……度し難いな」

ハクはこの件に関して、そう結論づけた。

「治療法のわかっている病気くらい治せばよかろうに。世界には治らぬ病などいくらでもあるのだぞ？」

「それでも、でしょう。当時の皇帝がそう判断したのなら、私には非難できませぬ」

苦い顔で唇を歪ませつつ、燕晴は言った。

国の事情で治るはずの病が治らず、失われなくてもいい命が失われてしまった。

しかも唐代の頃からだとすると、その期間は三百年近い。数千人か、もしかしたらそれ以上の人が犠牲になったのだとしたら……。

哀れだと思う。悔しいとも思う。しかし沙夜にもその行いを糾弾することはできないだろう。脚気が治った後、その人たちが手に手に武器を持って争わなかったとも限らないからだ。

人を犠牲にして国家を守る。その判断が正義なのか悪なのかはわからないし、それを高みから見下ろして評価できる立場にもいない。だから何も言えない。

「……だが、これから先の世をどうするかは、おまえ達次第だよ」

沙夜の動揺ぶりを見てか、優しげな声色になった燕晴は真摯な目を向けてきた。

「おまえが治したいと思うなら、そうしなさい。脚気の治療法を再び広めたいならばそうすべきだ」

「でもそんな重要な判断を、わたしなんかが……」

「目の前で失われる命を見ながら、放置できるような性分ではあるまい？」

父はそう言って、微かに笑みを浮かべる。

「で、あるなら、私だって生きてこの場にはいない。そうだろう？」

「だ、そうだ」

ハクは眠たげな目をこちらに向けてくる。きっと既に話は決着したと思っているのだろう。やがて欠伸までし始めた。

沙夜はその場で俯いて、少しだけ考えた。だが恐らく、自分の中にある答えは変わらないだろうと思えた。これは生き方の問題だ。

「もし踏ん切りがつかないならば」と燕晴が再び口を開く。「緑峰に相談してみるといい。この国の行く末を決める権利は、おまえ達にあるのだから」

「そうですね。わかりました」

だから顔を上げて、はっきりと答えた。決然とした表情になりながら。

「助けます。この手が届く場所にいる人ならば。きっと緑峰様も同じことを仰られるでしょうから――」

心は決まった。元皇帝のお墨付きも得た。しかし障害はまだ残されていた。

「――残念ながら、許可は出せませんな」

翌朝早くに赴いた療養所の診察室で、後宮医師の良順が厳しい顔つきをしたまま首を横に振った。

「療養所内で患者に処方される薬物は、国の法で厳格に定められておるのです。それ以外のものを供することはできませんし、こちらで手配することもできません」

「ですが、患者さんの食事もこちらで用意していますよね？　その食事をわたしが作りたいだけなんです。何度も言いますが、脚気治療には食餌療法が最適で……」

「それも許可できません。患者に与える食事も明確に定められています。これは規則ではなく、法です。たとえ皇太后様の口添えがあろうと認めるわけには参りません」

「……ではその食事とは何ですか」

「白粥と塩ですな。病の治療には何より体の内部を清浄にすることが肝要。そのために余計なものを摂取しないようにせねばなりません。油分など以ての外です」

「それでは逆効果ですよ！」

沙夜は思わず声を上げた。

「良順様は、脚気になる以前の患者さん達の食事内容を訊ねられましたか？」

「当然でしょう」彼はまるで動じずに答える。「白粥でしたね」

「だと思いました。それがまさに脚気になった原因なのです！　どうしてわたしの話を信じてくれないんですか！」

後宮で美女と呼ばれる存在には、大きく分けて二つの類型がある。

一つは胸部や臀部が豊満に膨らみ、肉感的な魅力で男性の視覚に訴える者。そしてもう一つはなだらかな肢体の曲線で、艶やかな色気を漂わせる痩身の女性だ。

療養所に四人いる脚気患者は、かつては全員が後者の部類の美女だった。得てしてそういう女性は、体型の維持を気にするあまりに食事を制限する傾向にある。その最も一般的な手段が、塩と白粥しか摂取しない生活様式なのだ。

徹底する性格の人ならば数年そうやって過ごしたりもするらしい。いまや食事時を何よりの楽しみとしている沙夜には信じられない話だが、後宮では女を磨き、皇帝の寵愛を受けることこそが何よりの誉れだ。だからこそ脚気患者が発生するのだ。

「……信用はしておりますよ。あなたが見せた百足毒への処置法は、まさに目から鱗でした。ただ私には、同じくらい信じているものがあるのです」

良順は低い声で言いながら席を立つと、そのまま窓辺に向かって歩き、朝日に照らされた眩しい庭に視線を向けながら続ける。

「それは長い時間をかけて学んだこの国の医術と、積み重ねてきた経験です。私はね、あなたが想像もできない程に多くの人間を診てきました。そりゃあ結果的に助けられなかった命もありますが、助けられた命の方が多いと自負していますよ」

──その結果が、水銀の丸薬ですか。

喉まで出かかった言葉を飲み込み、沙夜は思考を巡らせる。

良順に故意はなかったはずだ。だから責められない。そして水銀の毒性を証明してみせることも今の沙夜には不可能だ。

それに彼を説き伏せなくとも、緑峰に危険性を伝えて水銀の使用を止めさせることはできるだろう。だから今は、目の前の脚気治療に専念すべきだ。

「先生の仰ることはわかります。でも、物は試しというではありませんか。一度だけこの治療法を試していただくことは……」

「駄目です」

良順はこちらに振り返り、皺深い顔でにこりと笑みを作った。

「私にとってここは聖域なのです。法と秩序に守られた、ね。……先程も言いましたが、決まりは決まりです。この療養所で処方される薬も食物も、法の中で指定された物品に限ります。例外はありません」

そう言って歩き出した彼は、部屋の壁際に設けられた大きな書棚の前に行き、一本の巻子本を取り出して戻ってきた。

「ここに記された物品のみしか、患者の治療には使えません」

「……拝見します」

いろいろ言い返したい気持ちはあったが、それを心の隅に置いておいて沙夜は巻物を開く。そして素早くその字面に目を走らせていった。

「──わかりました。では法に則る形で対策を講じます。今日のところは出直して参りますので」

巻物を良順に返し、沙夜は踵を返した。こんな頑固者に何を言ったって状況は変わらない。今は行動あるのみである。

「ちょ、ちょっと待ちなさい。今、何をしたのです？　まさかこのわずかな間に内容を把握したなんてことは……」

「ご想像にお任せします。では失礼しますね」

微笑みを返して会釈をし、沙夜は診察室を後にした。そして憤りのままにずかずか足音を響かせながら門扉を抜け、少し離れた木陰まで移動すると、一度大きく胸に息を吸い込んでからこう呼びかける。

「天狐さん！　いませんか！」

「何か用？」

「ひぇっ⁉」

すぐ背後から声がして、しかも耳に息を吹きかけられたので腰が砕けそうになった。

「ど、どこにいたんです？」

「あなたの影の中。隠密の基本」

「……いや、基本どころかそれ、極意の域なのでは？」

影に潜むだなんて、物語に登場する仙人か妖術師の御業だろうと思える。まあ天狐ならそれができても不思議ではない気もするが……。というか実際のところ、彼女の力はハクの上をいっているのではないかと少し前から沙夜は疑っていた。

「それより何か用？」

「ええと……はい。実は蜂蜜が必要なんですけど、後宮内のどこかで蜂の巣を見かけられたことはありませんか？」

脚気患者の治療において何よりも問題となるのは、食餌療法が効果的にも拘わらず食欲が減退してしまっていることだ。

どんな美味しい料理を用意しても、食べて貰えなければ意味はない。だが甘味ならばその抵抗を薄くできるのではないかと沙夜は考えた。さらに、消毒や滋養強壮の薬としても用いられる蜂蜜ならば良順の出した条件も乗り越えることができるし、そのうえ維生素も豊富に含まれているはず。

「恐らくは、全滅している」と天狐。「あの文文はこの辺りの蜂、全ての女王だった。それがあの状態ならば、希望は薄い」

「ですよね……」

やはり相手は朱莉を嚙んだ百足だろうか。おのれ……。そんなことを考えていると、いつも氷のように無表情な天狐がふと口元を緩めたのが見えた。

「でも蜂蜜を保管していそうな者には、心当たりがある」

「えっ。誰ですか？」

反射的に訊ねた沙夜に、彼女は耳打ちしてくる。「師父」と。

「師父？　ハク様が？」

「考えてみるといい。あの怠惰を具現化したような師父が、何の得もないのに文文を匿うような真似をするはずがない」

「……いえ、実際に世話をしているのは春鈴で、ハク様は特に何もしていませんが」

とはいえ、言われてみれば不自然な点はあった。傷ついた文文を咥えて現れたとき、ハクは以前から面識があることを匂わせていた。

さらに、虫同士の縄張り争いに割って入るつもりはないと言いつつも、明確に庇護下におくと言ったのである。確かにハクらしくはない気がする。

「師父はああ見えて、実は甘党」

と、天狐が駄目押しをする。

「だから文文とは、以前から癒着があったはず。きっと書斎のどこかに蜂蜜を隠し持っているに違いない。それを師父が寝ている間に、こっそり奪おう」

「でもそれ……露見したら怒られますよね？」

「あなたの覇道に必要というなら是非もない。先に戻って探しておく。……見つけたら山分けでいい？」

いいですけど、と沙夜が答えるなり、天狐はその場から跳躍した。そして鳥のように空を駆けて白陽殿の方に向かっていく。

相変わらず彼女の表情は冷淡なものだったが、何だか目の色が変わっていたような気がする。実は天狐も甘味に飢えていて、蜂蜜を独り占めにしているだろうハクに怒りを燃やしていたような、そんな印象を受けたが……。

「……まあいいか。蜂蜜が手に入るならそれで」

深く考えるのはよそう、とすぐに沙夜は切り替えた。あとは皇太后様に許可を得て、薬草園の植物を分けて貰えば必要なものは揃うだろう。

調理には筌鈴の手を借りなければならないだろうが、ああ見えて面倒見のいい彼女のことだ、事情を説明すれば二つ返事で了承してくれるに違いない。

これで解決までの道筋は見えた。あとは実行に移すだけ。

胸の奥底から湧いてきたわずかな自信と、白澤の弟子であるという自負が、体に確かな力を与えてくれる気がした。

だから力強い足取りで沙夜は歩き出す。蜂蜜が手元に届けばすぐにでも調薬を始めよう。そう心に決めていた。

準備には丸二日を要したが、その分納得のいくものができた。

笙鈴と沙夜、試食に参加した春鈴のお腹はみんなパンパンに膨れたが、その甲斐はあったと思う。あとは患者に食してもらうだけだ。

ちなみにハクと天狐にも振る舞ったのだが、何やら二人とも複雑な表情で食べていたのが印象的だった。

「……あの、美味しくないですか？」と沙夜が聞くと、

「我の秘蔵の品を勝手に持ち出しておいて、どの口が言うのだ？」

すっかりふて腐れた様子の白猫が、恨みがましい声を出した。

「隠しておくのが悪いのです」

すかさず、主犯である天狐が言う。「食べ物の恨みは百年先まで残りますよ？　端から自分たちにも分け与えて下さっていれば……」

「馬鹿が！　おまえなどに渡せば一瞬で全部喰らってしまうだろうが！」

「食べるのは一瞬でも、思い出は永遠なのです。そして恨みも」

「味わって食えと言っている！　大体な、大して頭を働かせぬおまえに蜂蜜など不要なのだ！　我と違ってな！」

「そうですか？　日がな一日寝そべったままの師父にこそ、必要とは思えませんが」

「何おう！」

「何ですか」

「……すみません。皇太后様と約束していますので、もう出ますね」

一言そう断って書斎を出た沙夜だったが、いがみ合う二人にはもう聞こえていないようだった。本当に困った師匠と姉弟子である。

ともあれ、おかげで治療の成功は確信できた。

ハクが保管していた文文の蜂蜜は紛れもなく一級品であり、それをふんだんに使用した料理がまずかろうわけがないのだ。その香りからして明らかに別物であり、いかに脚気患者と言えど手を出さずにはいられないはず。間違いない。

そして、それから数刻後のこと。

東宮に立ち寄って紫苑に同伴を願い、その足で療養所の個室を訪れた沙夜は、持参した蒸し籠を開けて包子(パオズ)を取り出し、早速患者に向けて差し出した。

「……これは？」

不安そうな顔をしつつも包子を受け取ったのは、詩林(しりん)という名の元上級妃だ。

年の頃は二十代後半だろうか。張りのない肌とボサボサの髪が実年齢よりも外見を老けさせているので、もしかしたらもっと若いかもしれない。

「薬を用いて作った包子です。食べるだけで体に薬効があります」

そう答えた沙夜だったが、やがて向けられた視線には、はっきりと怪訝な感情が含まれていた。

「悪いけど、どうしても食欲が湧かなくて……」

「まあまあ、そう言うな。薬と思って食べてみよ」

紫苑がすかさずそう助け船を出したが、詩林は首を縦には振らない。

「申し訳ありませんが、食べられません。無理に何かを食べようとすると、吐き気がする始末で……」

「それも承知の上じゃ。脚気は食欲が減退する病じゃからな。しかし薬を口に入れぬのなら一生治らんぞ。それでも良いのか？」

「いえ、薬ならば無理にでも口に入れますが」

「だから、薬じゃと思えと言っておる。気に入らなければ一口でよい。とりあえず口に含んでみよ。文句は後で聞く」

「はぁ……」

さすがの押しの強さだ。詩林の方も紫苑の言うことなら無視はできないらしい。

当然だろう。紫苑は足繁(あししげ)くこの療養所に通っては、これまでずっと彼女達に励ましの言葉を掛け続けてきたのだから。皇后としての政務の合間にもである。それは誰にでもできることではない。

「……では一口だけ、いただきます」

ためらいながらも、詩林は包子の端にかぶりつく。

その瞬間だった。

「――えっ！　甘い！」

彼女は驚きを口にして、やがてふにゃりと表情を緩める。

「何これ……。凄く、甘いです。もしかして中身は紅豆(ホンドウ)？　紅豆が甘いなんて」

紅豆を甘く煮る文化は、綜にはない。しかし白澤図には記されていた。東洋の島国で食されている〝あずき〟なる調理法が。

「甘味なんて食べたの、一体いつ振りだろう……」

「豆類は脚気治療に効く食材です」と沙夜。「どうか全部食べて下さい」

「けど、紅豆なんてごく有り触れた食材よね？　そんなものが本当に薬になるの？」

「ええ。でも紅豆だけじゃありません。包子の断面を見ていただけますか？」

「断面？」

物珍しげな視線で、包子の断面をしげしげと見る彼女。

ややあって何かに気付いたように、「そういえば、何かしゃきしゃきしてた。あれは何？」と訊ねてきた。

「菊です」と沙夜は即答する。「菊の花弁は、脚気患者に不足している維生素という栄養素を多分に含んでいるんです。他にも、砂糖代わりに使っている蜂蜜だって栄養豊富ですし、包子の生地にはむくみ解消に効果のある百合根を用いています。つまり、それ自体が薬の塊なんですよ」

「……何だか不思議ね。食べるだけで薬になる料理なんて」

「いいえ、不思議でも何でもありません。かの黄帝と並んで三皇の一人とうたわれる〝神農〟が提唱した理念に、〝医食同源〟というものがあります。これは普段の食事を通して体に栄養を過不足なく取り込み、病気を予防しようという考え方です」

その証拠にかつてこの国にも〝食医(しょくい)〟なる職が存在した。史書を見ればその記述は至るところに見受けられる。

だが食医が廃止された時期は、ちょうど脚気患者が急増し始めた時期でもあった。

つまり人口調整が入ったのはその直後ということになるが……。

「すごい……。全部食べてしまったわ」

沙夜が説明している間に、詩林はペロリとその包子――〝あんまん〟をたいらげていた。彼女は自分でも不思議そうに、口元に手を当てて目を丸くしている。

「とても美味しかった……んだと思う。量も丁度良かったし」

「それは良かったです。ただ、もちろん甘味ばかりではそのうち飽きてくると思いますので、いずれは別の食材も食べていただきますけどね」

候補としては、薬草園で見つけた〝東洋人参〟がある。仙人掌によく似た花を咲かせる植物なのだが、食べられるのはその根っこだ。あれを豚肉や味噌と合わせて甘辛い味付けにすれば、美味しい料理になることは請け合いである。

ちなみに沙夜は、嵐山の里でこの東洋人参――いや〝牛蒡〟を常食していた。山に入れば自生していたので、山菜の一つとして食卓に並ぶことが多かったのだ。

ただ村の人が言うには、『都会で牛蒡の話はするな。木の根を食べるなんてどんな貧しい村かと馬鹿にされる』とのことで、よそでは一般的な食材ではないらしい。

でも栄養も味も素晴らしい。豚肉にも維生素が多分に含まれているが、臭みとりに柑橘の皮を少量加えればさらに効果的だ。考えただけで口の中が大洪水になってくる。

「――でも、信じられないわ」

　ややあって、詩林は自分のお腹をさすりながら不安げな声を出した。

「食事をするだけで病が治るなんて、さすがにそんな……」

「いえ、食事は簡単なことではありません。体に良いものを適量取り入れて、適度に運動をし適切な毎日を過ごす……とても難しいことです。それに、このように薬物を調理し、食物として体に取り入れるのは珍しいことではありません。昔から〝薬膳〟と呼ばれる、れっきとした医術の一つです」

「薬膳……薬で作られた、お膳ということ？」

「その通りです。そして一度食べただけでは済みません。毎日食べて、栄養を体に取り入れ、気長に治療を続けなければ効果は表れないのです。病が完全に治る日を信じて……これは大変なことだと思いませんか？」

「そう、ね」

　詩林はそう言って、苦笑する。

「ありがとう。何だか少しだけ、元気になってきた気がする。……あなた名前は？」

「沙夜です」

「そう……。もう一度言うわ、ありがとう沙夜」

　そこでかすかに、彼女は笑顔を見せた。きっと妃でいたときにはとても美しい女性だったのだろう。その片鱗が垣間見えるような、柔和にして優雅な微笑みだった。

「皇太后様も、すみません」と詩林は続ける。「何度もご足労をおかけして」

「なに、構わん」

紫苑も笑顔になっていた。

「これから先も、何度だって妾はここへ来る。いつかおぬしが完治して、笑顔で後宮を出て行ける日まで、ずっとな」

「ええ……そうですね。そうだといいですね」

彼女の頬に、一筋の涙が落ちた。

あとは二人だけにしてあげた方がいいだろう。「では次の病室へ行ってきます」と言い残して、沙夜は蒸し籠を手に廊下へと出た。

いくら冷めても美味しい筌鈴の包子とはいえ、まだぬくもりが残っているうちに食べてもらうにこしたことはない。一度首を振って気持ちを切り替え、はりきって次の部屋の戸を叩いた。

四人の脚気患者の部屋を回り終え、達成感とともに一つ吐息を放った。

「とりあえず終わったようじゃな。では、妾は良順殿の元へ行ってくる」

そう言って紫苑が歩き出そうとする。

だが途中、一度足を止めて、振り返らずに彼女は呟いた。

「〝あの件〟に関しても、いろいろ釘を刺しておかねばならんからな。今後のことについても」

「……はい。すみませんが、お願いします」

沙夜は頭を下げて紫苑を送り出した。

あの件、については正直、賛成したくはなかった。当初から何度も考え直すように伝えたのだが、あの人は首を縦には振らなかった。

既に全身を疲労感が重くしているが、それでも行かねばならない。沙夜は最後に残った五人目の部屋——楊梅瘡にかかった元賢妃の部屋に向かおうとする。

すると廊下の先に、ぽつんと人影が佇んでいることに気が付いた。

黒い鍔広の帽子に白い仮面。幽鬼のように怪しげなその女性は、元賢妃の部屋の戸に取り付けられた覗き窓から、中を覗いているようだ。

見られたか……そう思いつつ沙夜は声をかける。

「ごきげんよう晨曦様。覗き見は、あまりいいご趣味とは言えませんよ？」

「沙夜……」

彼女は仮面に隠された視線をこちらへと向ける。

「ごめんなさい。あなたの行う治療が気になって……ついここへ来てしまったのです。隠そうとしていたならば忘れます。あなたには恩義がありますし」

「いえ、隠す気などありません」

沙夜は毅然として答えた。

「我が師……白澤様はいつも仰っておられます。我は神獣であって神ではない。全知であっても全能ではない。だから治らぬものは治らぬ、と」

「……ではやはり、彼女の病を治す方法はないのですね」

「そうです。つまりこの部屋の中で行われていることがわたしの限界です。……少し中の様子を見させていただいても？」

ええもちろん、と晨曦が承諾した後に、沙夜は彼女の前に体を滑り込ませるようにして覗き窓を覗いてみた。

それとほぼ同時に、中で交わされている会話が耳に届いた。

「──ああ本当に、夢のようでございます」

元賢妃は水疱に膨らんだその両目から、既に滂沱の涙を流していた。

「身に余る幸福です。まさかこうして貴方様に、もう一度お会いできるなんて……」

「想いは余も同じだよ。一人にさせて、済まなかったね」

枯れ枝のように瘦せた彼女の手に、手を合わせる男は沙夜の父、燕晴だ。

「心配するな。これからは毎日ここへ来る。君がいつも安心して眠りにつけるよう、ずっと傍にいるからね」

「いいえ……。いいえ！　もうここへは来ないで下さいませ！」

彼女は何故か、首を横に振った。

「この醜い姿を、もう貴方様のお目に入れたくはございませぬ。賢妃は死んだと思って下さいませ」

「できぬ。我らは夫婦ではないか」

燕晴はあくまで笑みを絶やさず、蕩けるような甘い声で囁く。

「共にいよう。最期のときまで、ずっとな」

すると賢妃はまたさめざめと泣き始めた。もはや言葉もないようだ。

きっと彼女は本心から拒絶しているわけではないのだろう。摑まれた手を振り解かないことがそれを証明している。

一人で死にたくない。何も残せず、誰の記憶にも残らず消えたくない。彼女の中にはその想いが強くあるに違いなかった。

「……晨曦様。やはりここで見られたことは、どうかご内密に」

「吹聴するはずがありませんわ。……先帝様が生きておられて、いまも後宮に隠れ住んでいらっしゃるとは、噂に聞いていましたから」

それに、と続けて彼女は語気を強くする。

「あのような尊い行いを、邪魔するような真似はできません」

「そうですね……。そう思いますよね」

沙夜は同意を返しながら、少し戸から距離をとることにした。晨曦も黙ってついてくる。

歯切れの悪い返事をしたのは、燕晴の行いに賛同できない部分があるからだ。

死を待つだけの妃の前に、夫たる元皇帝が現れて献身的に介護をする……それは確かに尊い行為なのだろう。

元賢妃も感動しており、燕晴に感謝を捧げている。けれど、それがいつまで続くかは甚だ疑問だと言わざるをえない。

いずれは死への恐怖に心変わりし、彼女は燕晴を責めるかもしれない。恨み辛みをぶつけるかもしれない。沙夜はそれが嫌だった。ようやく皇帝としての重責から解放されたばかりの父に、そんな心労をかけたくはなかったのだ。

だがいくら言っても燕晴は聞き届けてくれなかった。その瞳に強い意志と覚悟を宿らせて、彼女のところへ行くと言って聞かなかったのだ。それが己が身に課せられた最後の責務だろうと……。

「——ねえ、沙夜」

廊下の暗がりに向かって回想に耽っていると、晨曦が声をかけてきた。

「こんなときにすみませんが……わたくしは先程、良順先生にはっきりと言われました。この身の病は決して治らない、と」

「……そうですか」

やや唐突な発言だったので、何と答えていいかわからずそう返した。すると、

「あなたが施した治療法の理念は聞きました。脚気患者に用意した包子のことも……。もしもその効果が出て、患者たちが快方に向かうようなら」

逡巡(しゅんじゅん)するような素振りをしつつも、彼女は言葉を続ける。

「わたくしは頭を下げてお願いするかもしれません。どうかこの身に取り憑(つ)いた病魔を払ってくれと。そのときは……以前のわたくしの言動を許してくれますか？」

「以前の、ですか？　いえ、特にわたしは気にしてませんが」

「そうですか……ならば」

晨曦はそう言うと、手袋に包まれた腕を持ち上げ、さっと帽子を頭から取り払った。するとふわりと柔らかそうな、赤みのある金髪が露わになる。

さらに残ったもう片方の手で、仮面も外し——

「なっ……！」

明らかになった彼女の素顔を見て、思わず沙夜は声を上げた。

醜いだなんて、とんでもない。

雪のように白く、シミ一つない真っさらな肌。目は大きく鼻梁は高く、それでいて儚げな花を思わせる可憐さを備えている。

年の頃は、きっと沙夜と同じくらいだろう。つまりは少女の域を出ていない。にも拘わらず、この世の奇跡としか言い様がないほどの美形である。あまりにも美し過ぎる少女であった。

「改めまして、ご挨拶申し上げます。北方の燎から参りました、黄——いいえ、晨曦と申します。どうぞ以後、お見知りおき下さい」

「こ、こちらこそ」

同性ながら見とれてしまった沙夜は、慌てて頭を下げる。どきどきと心臓が鳴りやまない。何だこの感情は。

晨曦——〝夜明けの暁〟を表す言葉だ。いまとなってはその名が相応しいと思える。いや、彼女の美しさの方が勝っているとすら感じる。

「今日のところは、これで失礼いたしますね」

そう言って彼女は再び仮面と帽子で顔を隠した。

「ではごきげんよう」

素顔を晒したことにより、彼女の方も恥じらいを感じたのだろうか。それだけ言い残して足早にその場を後にしてしまう。

一人残された沙夜は、あまりの衝撃にしばらくの間、そこで棒立ちになった。

あんな美しい少女がどうして赤鬼だなどと呼ばれていたのだろう。あの容姿をそうまで変貌させる病の正体とは何か。

どうにかしてやりたい。この手で彼女を病魔の呪縛から解き放ってあげたい。そう考えるに至ったのは、偏に美しいものを守りたいというその欲求からだ。

沙夜と晨曦を巡る長い物語は、恐らくこの瞬間に始まったのである。

——少しだけ、その後の話をしよう。

四人の脚気患者達はその後、一週間もすると回復の兆しを見せた。

そしてみな、眩いばかりの笑顔で口々に礼を述べたのだが……。妃に返り咲こうという者は一人もおらず、後宮再編の際に設けられる解放期間にそれぞれの実家に戻ることになった。

ただし、楊梅瘡に全身を冒された元賢妃だけは、手の施しようがなかった。燕晴と再会した頃にはところどころ呂律も怪しく、既に水銀中毒の末期状態であることは疑いようもなかったのである。

それでも彼女はそれから二十日の間、懸命に生きた。

そして最後まで燕晴に感謝の言葉を繰り返しつつ、穏やかな顔つきのまま眠るように、静かに息を引き取ったのであった。

その顛末を聞かされた神獣白澤は、水銀という毒物を治療に用いた者の愚かさを嘲るでもなく、ただ諦念めいた口調でぽつりと燕晴に向かってこう呟いたそうだ。

人の生はどの時代にあっても、夢のように儚いものだな、と。

第二章

夜明けに咲く花の名は

よあけにさくはなのなは

《蚩尤請風伯、雨師、縦大風雨。黄帝乃下天女曰魃。雨止、遂殺蚩尤。魃不得復上、所居不雨》

蚩尤（しゆう）は風伯（ふうはく）と雨師（うし）を呼び、大いに風雨を巻き起こした。黄帝が天女の魃（ばつ）を呼び寄せると雨は止み、ついに蚩尤を殺すことができた。しかし魃は天に帰れなくなり、彼女の居るところには雨が降らなくなった。

静謐に包まれた玉座の間には、衣擦れの音を伴いながら歩みを進める小さな人影が一つ。豪奢な礼服に身を包んだ三歳の曜璋が、純金で作られた重い冠を懸命に運ぶ姿は沙夜のみならず、その場に居合わせた家臣団の胸をはらはらとさせた。

一歩、また一歩、あと数歩。

しかしそこで緑峰が動いた。

本来ならばその場に跪き、微動だにしてはならないはずの彼が、膝立ちのまま少しだけ距離を詰める。だがその行為を咎める者はいなかった。

「——少々危なっかしくはあるが、譲位の儀もつつがなく終わりそうだな」

紫苑の侍女に混じって式典に参加していた沙夜に、後ろからそう声をかけてくる者があった。咄嗟に首だけ振り向いてみると、すぐ背後に黒い宦官服を着た強面の男が立っている。

「おい、オレのことを覚えているか」

「ええと……。朱莉さんが百足に嚙まれたときに一緒にいた——」

囁き声で答えた沙夜に、彼はにっと破顔し快活な表情を見せた。

「ああ、その節は世話になったな。秘書監の袁周亥という。……そのまま小声で話せ。他の女官どもに気取られぬようにな」

言いつつ、さらに間合いを詰めてくる。周囲の関心は式典に集中しているので沙夜さえ騒ぎ立てしなければ気取られることはない。だが……。

「よろしいのですか？　お仕事中なのでは？」

「式典を見届けるという仕事ならば今もしているぞ？　側近としての仕事なら、今日のところは紫苑様がその役だ。ほら、見てみろ」

視線で示唆された方向に目を遣ると、玉座の後方に御簾が垂らされているのがわかった。その先に設けられたもう一つの玉座と、紫苑の姿がうっすら透けて見える。

「垂簾聴政、と言ってな」と周亥は続ける。「幼君が皇位に就いた際には、皇太后が代わって摂政政治を行うことがある。あの御簾はそのためにあるのだが……幸いにも、今日限りで撤去できそうだ」

「もしかして、それって武則天の頃の……」

「そうだ。さすがに博識だな、白澤の弟子は」

武則天は大陸の歴史上初めて、女性の身で皇帝になった人間である。病弱な息子の代わりに簾の奥で聴政していたが、やがて皇位に就いた実子を傀儡として政権を握り、ついには自らが帝になったのだという。

「紫苑様も仰られていたぞ。一刻も早くこんなお役目からは解放されたいとな。それほど今の朝廷における、垂簾聴政の嫌悪感は強いのだ」

「武則天はかの劉邦(りゅうほう)の妻、呂雉(りょち)に並んで悪女と名高いですから……。紫苑様が忌避される理由もわかります。……あの、何か御用があったのでは？」

沙夜はそう水を向けた。わざわざ式典の最中に声をかけてきたのだ、世間話がしたかったわけではないはず。いや世間話にしては内容が重過ぎる気はするが。

「まあ、そうだな」彼は宦官にしては珍しい顎髭(あごひげ)をさすりながら呟く。「一つ、訊ねたいことがあったのだ。答えてくれ。おまえの目から見てどうだ、晨曦殿は」

「わたしごときが、何かを申せる立場にはありませんが？」

「つまらん遠慮をするな。噂ぐらいは聞いているだろう。彼女が緑峰様に相応しいかどうか、それを訊きたいのだ。白澤の弟子の見立てはどうだ？」

「そんなのわかりません。まだ出会って間もないですし」

沙夜は言葉を濁した。周亥がどんな返答を求めているのかわからなかったからだ。ただその口振りから察するに、彼は晨曦を正妃にすることに反対の立場らしい。

「まだわからぬ、というなら仕方がない」

周亥は少し距離をとった。

「なら考えておいてくれ。晨曦殿は真に正妃となれる器か否か。彼女が紫苑様のように公の場に立つ姿でも想像しながらな」

苦笑混じりの息を放つと、「そろそろ戻らねば」と続けて彼は踵を返す。それから玉座の間に集った家臣団の最後方へと姿を消していった。

――変な人だ。けど強面の割には丁寧な話し方だったな。

下級宮女を見下すような態度はなく、威圧感もさほど感じなかった。あまりに厳つい風体をしているので緊張してしまったが、どうやら怖い人ではないらしい。

でも晨曦が正妃に相応しいかどうかだなんて知らないし、正直どうでもいい。何故わたしに訊くのだ、と沙夜は心中で憤る。

ただ、今は厳かな儀礼の最中である。自制しなければと首を横に振り、正面に視線を戻した。すると金の冠を頭に載せられた緑峰が、厳かな所作で玉座に腰を下ろしたところだった。

曜璋は一礼をして控え室に帰っていく。大まかな式次第はこれで終わりのようだ。

譲位の儀と聞いて、勝手にお祭り騒ぎのようなものを想像していた沙夜にとっては少々肩すかし感があった。まるで派手さのない、あまりに実務的な儀式に映る。

あとは上位の大臣から順に緑峰へ頭を垂れていき、「これからも変わらず国を支えて欲しい」「ははーっ」という定型的なやりとりが続いていくだけらしい。恐らくは廊下にまで長々と伸びた、あの郡司達の列を全て消化するまで。

「――沙夜、紫苑様をお迎えに行きますよ」

先程まで彫像のように微動だにしていなかった紫苑の侍女達が、揃って玉座に背を向けて辞去しようとしていた。慌ててその後ろに並びつつ訊ねる。

「いいんですか？　まだ式典、続いてますけど」

「いいんですよ。紫苑様も既にお戻りになられていますし」

言われて振り返ってみると、本当だった。簾の向こうにはもう誰の姿もない。

「さっさと帰るが吉ですよ。俗物には関わらぬ方が良い……って、紫苑様がおられればきっとそう仰るでしょう」

何の話だろう、と一瞬思ったが、すぐに得心した。

玉座の間を出て長い廊下を歩く途中、官吏達の呟きが聞こえてきたからだ。

『聞いたか？　人前に出られぬ醜女（しこめ）を妃にするつもりらしいぞ』『そうまでして燎と事を構えたくないのか』『弱腰なことよ』『緑峰様の在位も長くは保つまいな』『今のうちに曜璋様に取り入っておいた方が良いのでは』、などなど。

聞いているだけで耳が腐り落ちそうだ。不敬罪が適用されて然るべき内容ばかりである。それを謁見の列に並びながら堂々と……もはや誰に聞かれても構わないと思っているのか。

その事実はひとえに、緑峰の地位の現況を表している。

一言で言えば、危うい。それに尽きる。

「……本当に、敵が多いですね。緑峰様も、わたしも」

誰に伝えるでもなくぽつりと放った呟きに、先を歩いていた侍女が「そういうものですよ」と答えた。

「敵が多い方ほど、味方も多いものです。私達のようにね」

「それは……その、ありがとうございます」

沙夜は咄嗟に礼を口にした。最近になってわかったことなのだが、紫苑の侍女達はみんな不思議と好意的なのである。

本来ならば疎まれてもいいはずだと思う。下級宮女の身の上でありながら明らかに特別扱いを受けている沙夜は、彼女達からすれば面白くない存在のはずだ。でもどうやら違うらしい。というのも、そもそも彼女達は全員、紫苑が実家から連れてきた昔馴染み(むかしなじ)の従者ばかりなのである。

長い者になると二十年以上の付き合いがあるらしく、後宮で生活はしていても妃を目指してはいない。だから嫉妬とは無縁であり、さらに沙夜の母である陽沙（ようさ）と仲良くしていたこともあって、友達の娘に接するような感覚なのだそうだ。

「紫苑様も昔は大変だったんですよ？　例えば――」

控え室で紫苑の着替えと化粧直しをしている間、侍女達は代わる代わる沙夜に話を聞かせてくれた。紫苑の武勇伝をである。

彗星（すいせい）のごとく後宮に現れた絶世の美女が、嫉妬に狂う妃達に嫌がらせを受けつつも、持ち前の度量の広さと機転によって快刀乱麻に解決していく様は……退屈な式典などとは比較にならない程面白く、聞いているだけに胸がわくわくとしてしまった。

本人は「どれだけ盛るのじゃ⁉　全部嘘じゃからな！」と照れながら否定していたが、紫苑ならば有り得ると思えるような話ばかりだった。

そしてふと思う。いつか晨曦も、そうやって後世に語られる皇后になるのだろうかと。彼女の美しい素顔を見た今では、それは決して実現性のない話ではないと感じる。

だがそのためには、解決すべきいくつもの問題があるはずだ。

支度を終えた紫苑と共に曜璋を迎えに行き、みなで一緒に皇城から出て、しばらく帰路を進んでいくと夕暮れに浮かぶ桂花宮が見えてきた。そこで沙夜は、意を決してこう告げる。

「……皇太后様。わたしはこれから晨曦様の元へ赴こうと思います。一度白陽殿に戻ってから、白澤様と一緒に」

「そうか。いよいよじゃな」

全てを察したように、紫苑は答える。

「一応、良順にも立ち会うように伝えておこう。晨曦殿の診察、よろしく頼むぞ」

はい、と沙夜は頷き、さらに一礼してから進路を変えて歩き出した。

そうしてふと見上げた西の空は、朱と金を混ぜたような鮮烈極まる輝きに彩られてはいたが、それが吉兆なのか凶兆なのかはまるで判然としなかった。

鬼が出るか蛇が出るか、とは危惧していたが、さすがにこれは予想外だ。

晨曦の病を診察するため、外に出たくないと駄々をこねるハクをなだめたりすかしたりしつつ、何とか連れ出すことに成功した。そこまではいい。

だがしかし、桂花宮の一画にある彼女の執務室を訪れた沙夜を待ち構えていたのは、何と青毛の狼だったのである。

「山犬の〝犼〟です」

にこやかに紹介を始めたのは、晨曦の侍女の朱莉だ。

「昔、怪我をして倒れていたところを晨曦様が拾ってきたそうです。それ以来、一の従者として仕えているのですよ」

――いやいや、山犬って。明らかに狼では？

体長は大型犬と同じくらいだが、耳や首、尻尾の太さから犬ではないとわかる。

こちらを値踏みするような金色の目の中にも、隠しきれない獰猛性が窺い知れる。

が、どうやら番犬の真似事をする気はないらしい。執務室の戸の前に丸くなって寝そべっていた彼は、沙夜達を一瞥すると、また首を下ろして目を閉じた。

「……むむ。この我に対して、何とふてぶてしい態度だ」

胸元に抱いた白猫姿のハクが、不服げな声を出した。

「おい沙夜、わからせてやれ。師の偉大さを」

「どうやってですか。首元をガブッてやられて終わりですよ」

「大丈夫ですよ、大人しい子なので。もうかなり高齢ですし」

朱莉は口元に苦笑を浮かべつつ説明を加える。

「綜に来てからは、吼えたり散歩をせがんだりすることもなくなりました。環境が変わったせいでしょうね……。あ、ですが大人しいからと言って撫で回したりしないで下さいね？　機嫌が悪いと、私でも噛みつかれるので」

「朱莉さんでも……？　朱莉さんだって晨曦様の侍女になって長いんですよね？」

「ええ、晨曦様にしか懐いていないんですよ。まあ犽の方が古参ですからね。恐らく子分みたいに思われてるんじゃないでしょうか」

軽い口調だが、それってつまり制御がきかない猛獣だということでは……。

「……確認ですけど、山犬なんですよね？」

「ええ、そうです。ちょっとだけ野生に近い犬ですね。だから安全ですよ」

柔らかい物腰で言いながらも、頑として狼だとは認めない様子の朱莉。まあ犬だと言い張らなければ、後宮内に連れてくることができなかったのだろうが。

「──朱莉、いつまでそこで話してるの？　早く中へ入って貰いなさい」

「はい、わかりました」

室内から聞こえてきた晨曦の声に、声量を上げて返す朱莉。それから彼女はやや居住まいを正して、「では沙夜様、中へどうぞ」と丁寧に礼をとって述べた。

「いや、朱莉さん。様づけなんて止めて下さいよ」

「そういうわけには参りません。今日は宮女としてではなく、客人として持て成させて下さい。百足に噛まれたところを介抱していただいた恩もありますし」

「はぁ……。でもちょっと恐縮しちゃいます」

つい先日、軍衣に仕込まれた恋文の件で叱責されたことを思い出す。あのときの厳めしい顔つきをした彼女とはもはや別人だ。口調は穏やかで注がれる視線にも親しみが込められていると感じる。これが本来の彼女なのか。

「……ですから、どうかお願いします」

不意に顔を寄せてきて、耳打ちするように彼女は言った。「晨曦様の味方になって差し上げて下さい」と。それからすぐに体を離して再び頭を下げる。

「どうぞ沙夜様。晨曦様がお待ちですので」

恐らくは期待の表れなのだろう。固辞していても仕方がない。はいと答え、沙夜は執務室の中へ足を進めていく。

彼女たちと良好な関係を保持するためにも、力になれるといいが……。だが晨曦の病は、良順が診断不能と匙を投げるほどに難しいものらしい。こうなってはもはや、神獣の叡智だけが頼りだ。自分はあくまで付き添い兼、通訳なのである。そう考えると少しだけ気が楽になった。

太陽は既に泰山の向こう側へと落ちており、残照は景色を群青に染めるのみである。なのにまだ明かりをつける気がないのか、室内は酷く薄暗い。

そんな室内で一際白く、耀くような美しさを視界に訴えてくるのは、仮面を取り払った晨曦の顔である。静脈が透けて見えるほどに透明感があり、清潔でシミ一つないように見える。

髪は赤みの強い金の長髪で、暁を浴びた雲のごとく煌めいていた。何度見ても奇跡の造形と思える程に美しいが、ただしそれはどこか、儚さに裏打ちされた美であるという気がする。病的という言葉がこれだけ似合う少女も他にいないだろう。

やはり一筋縄ではいかないようだが、今さら立ち止まるわけにもいかない。

ええい、ままよ。一度息を大きく吸って吐くと、沙夜は覚悟を決めて大股で歩みを進め、やがて彼女と正面から向かい合った。

「――あの、こちら手土産です。どうぞお納め下さい」

とはいえ、いきなり本題に入るというのも性急に過ぎる。沙夜は持参したお土産を差し出すことにした。

あら何かしら、と言いつつ晨曦は受け取ってくれる。拒絶されないで本当に良かった。ちょっと空気が和んだ気がする。

「塩梅です。身分の高い方が口にされる事は珍しいと思いますが、青梅を塩と酢でつけ込んだもので、健胃整腸の薬効があります。これを燻して乾燥させると烏梅という別の薬になりますが、わたしはこちらの方が好きです」

「ではこれも薬なのですね？　ありがとう。大切にいただきます」

「こちらでお預かりしておきます」

紙の包みを朱莉に預けると、一仕事終えた気分になった。もう帰ってもいいのではないだろうか。多分無理だろうけど。

ちなみに塩梅の材料は良順に取り寄せてもらった。『いい加減、調薬と称して夕餉の一品を作るのはやめてくれ』と嫌味を言われたりもしたが、晨曦には喜んで貰えたようなので作って良かったなと思える。

それにしても彼女の表情が柔らかい。以前の刺々しい態度が嘘のようだ。朱莉を助けた件と、脚気治療の件で沙夜の株が上がったからに違いない。

素直というか単純で、極端だ。実に助かる。

「では早速ですが、晨曦様の病についてお聞きします。どんなときに、どういう症状が出るのか。いつからその症状は出始めたのか」

「わかりました。全てお話し致します」

満を持して本題を切り出すと、晨曦の顔つきが変わった。にわかに緊張し始めたのがわかる。その証拠に話し出す前に胸元に手を置いて、一つ深呼吸をしたようだ。

そこで朱莉に促され、執務室の中央に置かれた丸椅子に沙夜は腰をかけた。対面にはもう一つ重厚そうな椅子が置かれており、そちらには晨曦が座る。さらに沙夜の膝の上にはハクが香箱座りで構えた。これで場は整った。

ややあって、琴を弾くように可憐な晨曦の語りが室内に響き始めた。途中、遅れて来た良順が部屋に入ってきたが、彼は無言のまま壁際に立って晨曦の告白を邪魔したりはしなかった。おかげで話の内容がすんなりと頭に入ってきた。晨曦の口上はまるで澱みないものだった。きっとこれまで何度も説明した内容なのだろう。まったく詰まることもなく、幼少時の自覚から現状に至る経緯までを彼女は滔々と語ってくれた。

そして、その全てを聞き終えたところで、膝上の白猫が沙夜にしか聞こえない声で言った。

「珍しい病だ。名付けるなら光線過敏症といったところか。しかも先天性の」

「光線過敏症、だと白澤様は申されております」

早速そう通訳して聞かせ、さらに続きも順次口に出していく。

「太陽光に反応して、皮膚に炎症が起こる病だそうです。健常者でも強い陽光に曝されれば肌が日焼けを起こしますが、それが晨曦様の場合は些か酷いようです。短時間でも肌が赤く腫れ上がり、長時間に及べば火傷のように爛れてしまうでしょう」

自分でそう口にしながら、なるほどと沙夜は思った。いくつかの疑問が氷解したのである。

そもそも、この部屋の造りからしてかなり特殊だった。窓はいくつかあるが全てに雨戸が取り付けられており、わずかな月光すら室内には届いていない。明かりになるのは見る限り、執務机に置かれた二つの燭台だけだ。なのに風通しは良く、蒸し暑さはほとんど感じない。そういった工夫が施された部屋なのだろう。

正妃となる者は代々、扶桑宮（ふそうきゅう）を与えられると聞いたことがある。だが晨曦の場合は部屋を彼女専用に作り変える必要があったため、春先の事件で一部が焼失し、再建を余儀なくされた桂花宮に部屋が用意されたのだ。そうに違いない。

であれば、最初に緑峰と謁見した際の――例の〝赤鬼〟事件の裏側も推察することができる。晨曦は長い時間をかけ、燎から馬車の旅を続けてきたのだろう。だが夜間に馬車を走らせるのは危険なので、無理を承知で日中に走ってきた。その足で皇城にやってきたため、顔が醜く腫れ上がってしまっていたのだ。

「――治療法は、存在しない」

しばらくして、ハクは厳しい声でそう断言した。

沙夜以外の者には「にゃーにゃー」と鳴いているように聞こえただろうが、治せないという事実がずくんと痛みを伴って胸に響く。さすがにすぐには通訳できなかった。

「ええと、ハク様。病の原因は……」

「原因は遺伝子欠損。おまえ達にもわかるように言うなら、親から子に、さらにその孫へと伝わる類の病だ。疑うならば訊ねてみるといい。その娘の両親や祖父母など、近しい親類にも同じ病をもつ者が複数いるだろう」

「晨曦様。失礼を承知でお訊ねしますが、このご病気は親から子へ……つまり家系に伝わるものなのでしょうか。ご両親やご親戚の方に同じ病状の方はおられますか？」

「……ええ。その通りです」

彼女は沈んだ声で答えた。

「わたくしの母もそうでした。祖母も、従姉妹（いとこ）も同じでしたわ。みな、日中は外に出られず、夜の間に生活をしていましたの」

「必然、そうなろうな」

ぴんと髭を伸ばしたまま、膝の上でうなずくハク。

「ただし、直ちに命を脅かすような病ではない。今、祖母がいると言っただろう？　日の光に当たりさえしなければ、病状はこれ以上悪くはなるまい。気をつけていれば長生きだってできよう。……光線過敏症にも種類があると聞く。重篤な内臓障害を引き起こし、短命に終わるものも多い。それに比べれば運が良いと考えるべきだ」

そう聞かされ、少しだけ気が軽くなった。確かにそうだ。楊梅瘡のように確実に命を蝕んでいく病に比べれば、まだマシではあるのだろう。

……だが、やはり言えない。

目の前にいる晨曦のことを、最初は人を見下したような態度をとる嫌な女だと思っていた。けれど仮面を取り払ったときの儚げな表情と、あの縋り付くような目を見てしまった瞬間、不思議と嫌悪感は霧のごとく消え去った。

何よりも、こんなにも美しい少女が、この先一生闇に隠れて生きなければならないだなんて勿体ないと思う。可能ならば病魔の呪縛から解き放ち、日の当たる場所に立てるようにしてやりたい。そのときにはきっと、夜明けに咲く花のように清らかで眩しい笑顔を見せてくれるのだろう。

「何故通訳をせぬ？　……それは傲慢だぞ、馬鹿弟子が」

心の内を見透かしたように、ハクは冷徹な口調で釘を刺してきた。

「病というものにはな、全てに成り立ちがある。原因があって結果がある。その娘が光線過敏症に冒されたことにも意味があるのだ。それを知らずして、何でも治せば良いと考えるのは傲慢でしかない。もう一度前を見て、しっかり観察してみよ」

「観察……ですか？　何を？」

訊き返しつつ、改めて晨曦の方を見てみた。

いつしか彼女は、自らの襦裙の胸元を握りしめていた。そうしながら瞳を潤ませ、息を潜めながら沙夜の一挙手一投足を見つめていたのである。

さもありなん。ハクの声は彼女に一切聞こえていないのだ。その上で伝説の神獣による診断が下されるときを今か今かと待っているのだろう。不安と闘いながら。

耳を澄ませば、後方からも心配げな息遣いが聞こえる。多分朱莉だ。壁際に立った良順も、事態の成り行きを注意深く見守っているらしい。こんな空気ではますます言えなくなるではないか。治らないだなんて……。

「ソバカスがないだろう」

本意が伝わっていないことを察したのか、ハクが溜息混じりに言った。

「日焼けが酷くなる病なのだ。シミやソバカスの一つや二つ、顔にできるのが当然。だがその娘にはない。つまり、普通の病ではないということだ。……もう一つ訊ねてみよ。おまえの故郷は北方の〝係昆山(けいこんざん)〟ではないかと」

「……あの、晨曦様。白澤様が訊ねてみよと仰っています。晨曦様の故郷は、係昆山という山ではないかと」

「えっ？　どうしてそれを？」

一瞬、ぽかんと口を開けて驚きの表情を見せた彼女は、恥じらうように口元を手で押さえながら答える。

「確かに、先祖は係昆山の出だと聞いていますが、それが何か……？」

「ふん。時間を無駄にしたな」とハク。「最初にそれを確認しておけば、長々と病状を聞く必要もなかった。……おい沙夜、帰るぞ」

体を捻って振り向き、彼はじとっとした目つきを投げかけてきた。一体どうしたというのか。慌てて「ちょっと待って下さい」と沙夜は言うが、彼は既に自己完結してしまったようだ。

「丁度いい機会だ。この件についてはおまえが自分で調べて解決しろ。必要な情報は既に与えたはずだ」

「いや、無理ですよ⁉　ほとんど何もわからないままじゃないですか。ハク様が仰ったのは治らないってことだけで――」

「……治らない？」

ぽつりと、晨曦がそう呟く。

しまった。失言だった。ぶわっと背筋に冷や汗が噴き出したのがわかる。

伝承にうたわれる神獣の叡智に、彼女は一縷の願いを托していたのだ。さぞや衝撃だったろう。傷ついたことだろう。もはや何と言っていいのか……。

「だと、思っていました」

気丈にも、晨曦はそこで微笑んだ。

「いいんですよ、沙夜さん。そんなに気を遣わなくても。方々で同じことを言われましたから、もう慣れました」

「す……すみませんっ。ちゃんと説明しますね！」

咄嗟に頭を下げつつ、通訳せずに留めていたハクの言葉をそのまま伝えていく。

光線過敏症を治療する術はないが、命に関わる病気ではないということ。日差しが当たらない場所であれば問題なく日常生活を送れるということ。そこまで口早に説明したところで、ハクが驚くべき発言を挟んできた。

「――いいや、治るぞ」

「ええっ!? でも、さっきは……」

「それは通常の光線過敏症の話だ。この娘の場合は事情が異なる。病の原因が呪詛である場合は、取り除くことができれば治癒は見込める。……調べればわかることだ。

これ以上教えてはやらんぞ」

「あの、白澤様はなんと？」

胸の前で手を握り合わせて、拝むような姿勢で訊ねてくる晨曦。病は治らないと告げたにも拘わらず、一言一句聞き逃すことなく心に刻もうとしているようだ。

さて困った。このハクの掌返しについて、どう説明すべきか。

既に一度、失望させているのだ。ここで希望を持たせるようなことを言って、やっぱり治らないと伝えざるを得なくなったら、彼女はどうなってしまうのだろう。

「ええと……ですね、それが……」

とはいえ、沙夜だってそこまで器用ではない。結局のところ、ハクが言ったことをそのまま口にするしかなかった。

すると案の定、治る可能性があると知った晨曦は、落雷に打たれたようにその場で硬直してしまった。

そして直後、歓喜の声を上げながら駆け寄ってきた朱莉に抱きつかれ、しばらくの間なすがままになっていた。

ここまで黙って傍観者に徹していた良順が、「さすがは白澤様」と熱っぽい声色で称賛の言葉を述べ、それを聞いてちょっといい気持ちになったらしいハクは、「よし帰るぞ」と言って膝から飛び降り、さっさと戸を抜けて廊下へ出て行ってしまう。

取り残された沙夜は、ただただ頭を悩ませるばかりだ。そのうち頭痛さえしてきて、眉間を揉みほぐしながら天井を仰ぐことになった。

押し迫った問題は、どうやって晨曦の身を蝕む呪詛とやらを取り除くかではない。この場をどう収束させるべきかである。なるべく後に引かないように、丸く収めたかったのだがどうやら無理らしい。そう悟るのに、時間はそれ程かからなかった。


それからの数日間は、書斎に籠もって白澤図の精査に努めた。

係昆山に関する記述を片っ端から拾い上げ、記憶し、それと同時に皮膚にまつわる病への対処法についても調べた。歴代の白澤の弟子達が記したこの文献群は恐るべき量を誇っており、書斎の壁面を天井近くまで埋め尽くしている状態である。一朝一夕にはとても網羅することはできず、数日かけても全てを知り得たとは言えない。だがかろうじて今後の方針を定めるに足る程度の情報は集めることができた。

「――で、これが日焼けを抑える薬になるの？　中身何よこれ……」

厨房にて大鍋をかき混ぜながら、汗だくになった笙鈴が訊ねてきた。

光線過敏症の治療法はわからなかった。ただし発症の原理は、皮膚に直接太陽光を浴びることである。となれば光を避ける方法があればいいことになる。

「海藻だよ。良順先生に言って仕入れてもらったの。他の薬の材料にもなるからね」

「海藻って、つまり海の中に生える草ってことだよね。あたし、海って見たことないんだけど、こんなのがいっぱい生えてるの？　何だか気持ちが悪いんだけど」

「そうらしいよ」実は沙夜も海を見たことはない。「大事なのはこの〝ぬめり〟なんだって。煮出した水を一昼夜放置して、鍋肌に固形化したものを集めると、日焼けを防止する軟膏になる……って白澤図に書いてあったんだ」

「ふうん……。ところでそろそろ交代して貰っていい？」

「いいけど、早くない？」

大鍋の前に置かれた踏み台から降りる笙鈴。それに代わって搔き混ぜ棒を握ると、立ち上る蒸気に思わず顔を顰めた。

笙鈴はすぐに厨房の外へ出ると、襦裙の胸元をつまみ上げて煽ぎ、清涼な風を招き入れようとする。年頃の娘がはしたない、とは思うが気持ちはよくわかる。

すっかり夏めいてきた気候の中、厨房に閉じ籠もって行うこの作業は本当に辛い。交代の間隔がやけに狭まっている気もするが、何の報酬も支払えないのに付き合ってくれているだけで笙鈴には感謝である。持つべき者は友達だ。

「ところで呪詛については何かわかったの？」

重労働をさせる対価に、彼女には晨曦とのやりとりを包み隠さず伝えてあった。

「係昆山だっけ？」

「うん。それはすぐに分かったよ。係昆山は、〝魃〟という女神様が幽閉された場所なんだってさ。どうも黄帝様の娘らしいよ――」

暑さから気を紛らわせるついでに、沙夜は笙鈴に詳細を語っていく。

かつてこの大陸で大戦があった。それは古代中国における伝説上の皇帝、黄帝と、悪しき戦神〝蚩尤〟によるものだ。

蚩尤は雨師、風伯という悪神の力を借りて暴風雨を呼び、大陸を蹂躙した。それに対抗するため、黄帝は天界から自身の娘である魃を呼び出した。

太陽神に嫁ぎ、半神となっていた魃は体内に凄まじい熱量を宿しており、その力によって瞬く間に雨雲を払ったのだという。

「――そうして戦いは黄帝様の勝利に終わったんだけど、力を使い果たした魃は天界に帰れなくなってしまった。だけど彼女の体内にある高熱は健在で、そこにいるだけで周囲に干魃をもたらすようになった。次第に魃は疎まれるようになったけど、功労者である彼女を処刑することもできないため、やむなく北方の係昆山へ幽閉することにしたんだって」

「何か酷い話ね……。その女神様のおかげで勝てたんでしょ？　なのに追放されちゃったわけ？」

「そうなの。でも魃は時折中原へやってきては干魃を起こした。人々はその度に『神よ、北へ帰りたまえ』と念じて送り返してたんだってさ」

「北、ね。つまり係昆山は、燎の領土にあるってことか」

「うん。そんな可哀想な女神様だから、世を呪って忌み神になってしまったという説があってね。干魃を起こすときには、醜い大猿の化け物に姿を変えるって話もあるの。全身毛むくじゃらで一つ目で、腕も足も一本ずつしかないんだってさ」

「いや、それちょっと極端過ぎない？」笙鈴は呆れ顔になった。「女神か大猿かって、お伽噺にしたって一貫性がない気がするんだけど」

「わたしもそう思う」

同意しつつ、沙夜は続ける。

「でもさ、その伝承を下敷きとして考えれば、ハク様が答えを濁した理由も何となくわかるんだよね。ハク様自身も、そのときの戦いには参加していたはずだから」

「そっか……。その魃って女神様と知り合いかもしれないのか……」

かもね。そう答えてから攪拌作業を続けていた手を止めた。

水気が減ってとろりとしてきた鍋の中を見ながら考える。確証がないから口にはしないが、恐らく晨曦の祖先は、その魃なのだろう。

だって、いかにも暗示的ではないか。干魃を引き起こすせいで中原を追われた女神と、光線過敏症という珍しい病に冒された一族。太陽の光を受けることによって晨曦の肌が腫れるのは、彼女の血脈に魃の呪詛が受け継がれているからに違いない。

呪詛……それはどれだけ長い年月を経ても消えない、焼け付く程に強い感情が凝り固まったものだ。だが子孫の身に起きているのだとすれば、遠い北の地に幽閉されたことへの恨みではないと思う。天界に戻りたいという想いが太陽を見る度に蘇るのか、それとも太陽神という夫がいる身でありながら地上で人間と交わり、子孫を残してしまったことに対する悔恨か……。

いずれにせよ、子々孫々まで受け継がれる程に強烈な想いだったのだろう。それが呪いとなって晨曦の体を蝕んでいる。沙夜にはそうとしか思えなかった。

「でもその呪詛ってやつ、どうすれば消せるの？」

汗を布巾で拭いながら笙鈴が厨房に戻ってきた。

「それを何とかしないと晨曦様は治らないんでしょ？」

「何とかする方法なんて、あるのかな……」

黄帝と蚩尤の大戦は、今から約三千五百年前のことだ。そんな神話の時代から続いている呪いを打ち消す術など、とても思いつかない。

考えるだに気分が暗澹としてきて、前向きな言葉が出てこなくなった、そのとき。

「——おーい、姐々たち！」

窓から覗ける裏庭から、元気よくこちらに駆け寄ってくる春鈴の姿が見えた。

彼女の頭には文文が乗っている。その翅はかなり再生したようだ。だから空を飛ぶ感覚を思い出せるようにと、春鈴はああしているらしい。

実に楽しそうである。濃い緑に包まれた庭園の中で、そこら中で乱反射する日差しとともに、可愛らしい少女が跳ね回っている。何とも癒やしに満ちた情景だ。張り詰めていた空気も和らいでいくようだ。

「……はは。できることをしなくちゃね、わたし達も」

春鈴に手を振りながらそう呟くと、「だよね」と言って笙鈴が笑いかけてくる。

そこで気持ちを切り替え、手の甲で汗を拭い取ると、再び作業に戻った。

粗方水分を飛ばしたところで、鍋を涼しい場所に放置すること丸一日。それから鍋肌に残った粉末に香油を入れて伸ばしていけば、ようやく日焼けを抑える薬の完成である。果たして重労働の甲斐はあったのだろうか。それが何より気になる二人であったが……。

「──ふむ。肌触りは、なかなかいいのう」

そう言って軟膏を腕に塗っているのは、紫苑である。白陽殿に燕晴の様子を見に来た彼女は、日焼けを防ぐという軟膏の話を聞いて、是非とも試験台になりたいと自ら申し出てきたのだ。

「わずかに白い……が、ほぼ透明かの？　これで本当に日焼けしなくなるのか？」

「はい。緩和されるはずです」

後宮の女達にとって、日焼けは何より忌むべきものであるらしい。彼女たちは透けるようにきめ細やかな白い肌を理想としている。だから日差しの厳しい季節には鍔広の帽子を被って外出したり、日傘を用いたりしているそうだ。

「日にさらすと、何やらきらきらと煌めくものが見えるが……これは？」

「珊瑚(さんご)の粉末ですね。海藻と一緒に取り寄せていただいたものです」

「ふうむ……。なるほどのう」

日焼け止めを塗った腕をしきりに眺めながら、紫苑は感心したように唸る。彼女の肌は、言うまでもなく新雪のごとくに白い。日焼け止めの薬なんて今さら必要もないように思えるが。

「のう沙夜、効果を確かめてからではあるが、これを商品化せぬか？」

「は？　商品化ですか？」

考えてもみなかった提案が飛び出してきて、唖然としていると紫苑は続ける。

「手間はいらぬ。おぬしは製法を詳細に紙にしたためておけ。あとはうちの実家の者にやらせよう」

「で、ですが……皇太后様のご実家って」

「少しは名の知れた商家じゃ。この薬の品質にもよるが、損失など出すまいて」

名の知れた、どころではない。都で有数の豪商だと聞いている。

「もちろんおぬしにも利益は還元しようぞ。そうじゃな、売上げの一割でどうじゃ」

「いえ、お待ち下さい。わたしは白澤図に記されていた製法を模倣しているだけで」

「構わぬ。まだ世に出ておらぬものなら、それを広めたおぬしに権利が発生しよう。何より、妾がこれを商品として売り出したいのじゃ」

言いながらも、紫苑の目は自分の腕に向いていた。そんなに気に入ったのだろうか。

「別に商品にしなくても、皇太后様がお使いになる分くらいは作れますから」

「そういう問題ではない。大体、妾が普段使いにしておれば、瞬く間に噂は後宮中に広まるぞ。そうなればここへ宮女達が殺到するじゃろう」

「え、そんなに……ですか？」

一緒に作業をした筌鈴も隣で目を丸くする。数人分も作れば、他の仕事は一切手につかなくなるに違いない。

「この軟膏には白粉のように肌を白くする成分が含まれておるじゃろう？　珊瑚の煌めきもまた良い。なれば商品価値は十分にあると思うぞ」

「そういえば、妃嬪の皆様は、あまり白粉を使われないのでしたね」

「昼間はな。あれはどんな肌でも真っ白になるが、日の下では白すぎて気味が悪い。蠟燭一本の薄明かりの中で使うものじゃ。つまりお渡りのとき専用じゃな」

白粉を多用すれば寿命を縮めるとも言うし、と紫苑は続ける。

その認識は正しい。現在、都で流通している白粉の中には、鉛白や水銀が含まれているものがある。長期的に使用すると内臓が重金属に侵されていくだろう。そういった理屈を知る由もないのだろうが、経験則から白粉の使用に制限をかけているらしい。

「この軟膏は海藻から抽出したと言ったな？　妾の肌によく馴染んでおるようじゃ」

「ええ……香油も入っておりますので、肌質が合わない方もおられるかもしれませんが、少なくとも白粉ほどの危険性はないと思います」

「ならば、売れるぞ」と紫苑は断言した。「丁度いい機会じゃ。うちの商会に恩を売っておけ。そうすれば妾も大っぴらにおぬしの後援者になることができる」

「い、いえ、それは畏れ多いですので」

「いや、前にも釘を刺したがのう」

言いつつ、紫苑は顔を近付けてくる。それから少し呆れたような口調になった。

「おぬしはもう少し、自分の立場を考えた方がよい。緑峰殿の求婚を断るなら、なおさら後援者は必要じゃぞ？　それに多少は金も持っておけ。必要ならば妾が預かっておいてもよいが、今後も製薬をする機会はあるじゃろう。その度に良順を通して材料を取り寄せるのか？　いろいろしがらみもあろうに」

「う……。確かに」

言葉もない。紫苑の言はまさに正論であった。今回だって材料として海藻を選んだのは、仕入れ表に記載されていたからだ。しかも泰山の麓にある綜の都は海からやや遠く、海産物はそれなりの高値で取引されていた。さっきは思わず『皇太后様がお使いになる分くらいは』などと言ってしまったが、資金の問題はついて回るだろう。

「まあ悪いようにはせん。妾に任せておけ」

ぽん、と自らの胸を叩き、紫苑は豪気な笑い声を上げた。

「その代わり、今後も面白いものを作ったならば、まず妾に見せるのじゃぞ？　絶対じゃぞ？　よいな？」

「は、はい」言い知れぬ圧力に屈し、首を縦に振るしかなかった。

ただ、問題はないだろうと思う。沙夜が後宮内で頼れる人なんて限られているし、その中で商家に伝手（つて）がある人なんて紫苑ぐらいしかいない。だからこれでいい。

彼女が沙夜を利用するだけ利用して捨てよう、などと考えるはずもない。燕晴とは違う目線ではあるが、この国の未来を良くしようとしている人物だ。信用できる。

そんなわけで結局、沙夜は紫苑に全てを委ねることにした。ただし商売の話なんてのは副次的なものだ。この日焼け止めが光線過敏症を緩和することができるかどうか、差し当たって一番の問題はそこなのである。

と、話が一段落したそのときだった。

渡り廊下の方から、特徴的な足音が聞こえてきた。杖をつく音が混じっていることから、すぐに燕晴のものだとわかる。

「――沙夜、少しいいか」

「はい。どうしました……って」

と、すぐに気が付いた。燕晴の背後に隠れるようにして、一緒に歩みを進めてくる人物がいたのである。よく見れば廊下に影も伸びていた。

「緑峰様……」

しばらく会うのを避けてきた人物だけに、無意識に体が強張っていくのがわかる。

「どうしてこちらへ？　事前の通告はなかったはずですが」

「ああ、忍んで参ったのだ。兄上に相談事があってな」

答えながら、緑峰は前に歩み出てきた。しかしあちらも沙夜と顔を合わせづらいのか、視線を惑わせつつぽりぽりと頬をかく。

「お供はどうされたのです？　皇帝陛下が、単身でうろうろしないで下さいませ」

話の矛先を変えたところ、彼は「護衛も近くに忍ばせている」と答える。

「大袈裟なことにはしたくなかったのだ。誤解を招きかねんからな。だから事前に報せもやらなかった。許せ」

「……まあ、そうですよね」

大仰な護衛を連れて緑峰が白陽殿にやってくれば、周囲からお渡りだと思われかねない。そう考えると、お忍びで来てくれたのはむしろありがたいことだ。

「あまり目くじらを立てないでやってくれ。緑峰も戴冠したばかりで大変なのだ」

燕晴が庇うように言う。

「皇位継承のごたごたで、儀礼に詳しい官吏が何人もその地位を追われたからな……。助言を乞いたいと思うのも当然だ。許してやってくれ」

はい、とすぐに沙夜は返事をした。父に言われては弱い。許すしかない。

だが同時にずるいとも思う。先に父を抱き込むなんてやり方が悪辣だ。おのれ——

「まあまあ」とそこで紫苑が肩に手を置いて宥めた。「で、緑峰殿。沙夜に何か用があったのじゃろう？」

「ああ、そうらしい」と燕晴が続ける。「緑峰は明日、晨曦殿のところへ赴くそうだ。正妃として正式にお披露目をしなければならないんだが、その打ち合わせをするとのことでな。沙夜も彼女の事情は知っているのだろう？」

「ええ、わたしも近々、晨曦様の元へ行こうと思ってましたが……」

「ならばちょうどいい」と緑峰。「一緒に行こう。明日の夕刻でどうだ？」

「……まあ、いいですけど」

何だか凄く釈然としない。喉の奥にいがいがした感覚が走ったのがわかった。沙夜に求婚しておきながら、正妃となる女性の元へ一緒に行こう？　どの口が言うのだ。

一瞬、彼を睨みつけてしまったが……。

「頼む」

と、真剣な眼で彼は訴えてきた。

「白澤様にも同行願いたい。そして晨曦の身を蝕んでいる病について聞かせてくれないか。まだ詳しくは話せないが、これはこの国の行く末にも関わる問題なのだ」

「どうだ、沙夜」と燕晴が続けて訊ねてくる。「助けてやってくれないか？」

「ええと……」

本当にずるい。父の頼みを断れないと知っていて、緑峰はこの状況になるよう仕組んだのだ。そうとしか思えない。

「……わかりました」

しばし逡巡したが、やはり了承するしかなかった。

「ですけど、ハク様は来てくれないと思いますよ？　前回だってすぐに話に飽きて、さっさと帰ろうと言われましたから。一応頼んではみますけど」

神獣白澤は、知識を司る存在だ。それゆえに未知を愛し、既知を憎む。晨曦の元を訪ねても、ハクが興味を抱きそうな事柄はもうなさそうだ。何より、ただでさえ最近の蒸し暑さのせいで外出したがらなくなっている。来てくれると思えない。

「わかった。それでもいい。よろしく頼む」

再び腰を深く折って頭を下げる緑峰に、それ以上は何も言えなくなった。

皇帝になったのだから、あまり簡単にそういう真似はしない方がいいと思うが……彼にとってそれだけ重要な問題だということなのだろう。

晨曦の光線過敏症と、魃の呪詛。燎と綜、彼女と緑峰との関係性……。もしかすると明日の話し合いで、その全容が見えてくるかもしれない。それを知るのが恐ろしくもあり、少しだけ楽しみでもあった。蜘蛛の巣のように視界を遮る謎を徐々に晴らし、真実を知っていくあの感覚が単純に好きなのだ。

わたしもすっかり白澤の弟子なのだな、と人知れず苦笑しつつ、一応緑峰達を正殿の広間に通して歓談を勧め、それからすぐに席を外した。明日の準備はせめて入念にしておこうと思ったからだ。

「──これは、素晴らしいですわ。でも恐らく駄目でしょうね」

日焼け止めの薬を塗った自分の腕を見て、晨曦はすぐにそう断じた。

「試してみましょうか。朱莉、窓の雨戸を外してみてくれる？」

朱莉が木製の雨戸を取り外して床に置くと、室内に差し込んできた光の柱の中に、晨曦は躊躇なく腕を差し込む。

同行した緑峰とともに、注意深く彼女の肌を見ていると……みるみる赤みが増してきたのがわかった。まるで火傷でもしたようにだ。

「もういいですっ！　腕を引っ込めて下さい！」

予想以上の反応に慌てた沙夜は、抱きつくようにして晨曦を日差しから遠ざける。自分がやらなければと思ったのだ。

執務室の中に今いるのは、晨曦、緑峰、朱莉、そして沙夜の四人だけだ。ハクにはやはり断られ、緑峰の護衛としてついてきた周亥と数名の宦官は、室内には入らずに戸の向こう側に控えている。

「ああ、こんなに赤くなってしまって……」

「いいのですよ。ありがとうございます、沙夜さん」

晨曦は沙夜の手を包み込むように取って、何故か弾けんばかりの笑顔を見せた。

「普段よりは穏やかな変化でした。だから日焼け止めの効果はあったと思いますわ」

「それでも誤差の範疇だろう」

黙って一部始終を見ていた緑峰は、絨毯の敷かれた床に向けて重い吐息を放つ。

「普段の仮面姿の方が効果は上、ということだろうな」

「そう思います。すみません……」

沙夜も同意した。この速度で肌に異常が出るのならば、薬でどうにかなる程度を越えている。日焼け止め薬を作る前に症状を確認するべきだった。……まあ、肌が腫れ上がるところを見せて下さいとも言えなかったわけだが。

「やはり日の下には出られんか……。難儀な病だな、光線過敏症というやつは」

顎の下に拳を当てながら思索に耽る緑峰。彼には既にハクの診断結果を伝えてある。

「だが、もはや構わぬ。正妃のお披露目は夜間に行うこととしよう」

「ですが緑峰様……」

晨曦は異を唱えようとしたようだが、緑峰が首を横に振ったのを見て口を噤んだ。

「日の高いうちにせねばならぬという法はないさ。それにその程度の融通は利かせられるつもりだ。これでも皇帝だからな」

そこで相好を崩し、口元を緩める彼を見て、晨曦が「緑峰様……」と瞳を潤ませる。

何だろうか、この甘ったるい空間は。

正体不明の苛つきに、沙夜は心の中で舌打ちをした。あれだけ苦労して作った薬が、二人の仲を深めるための材料になってしまったではないか。釈然としない。

が、こちらの気も知らず、「そもそもだ」と緑峰は言葉を続ける。

「沙夜が病を治せるとしても、すぐに完治というわけにはいくまい。どのみちお披露目には間に合わん。なら時間をかけてゆっくり治療すればいいさ」

「……確かに、そうでございますね。治るかもしれないと聞いて、少々舞い上がっていたようです。沙夜さん、すみませんでした」

しばらくして我に返ったのか、晨曦が頭を下げてきた。

「日焼け止めの薬に関しても、本当にありがとうございました。わたくしのために作ってくださったのですから、当然報酬はお支払いします」

「い、いえいえ。効果がなかったのですから、結構ですよ」

紫苑が商品化に乗り気だったので、そのうちお金になるかもしれない。なのに晨曦からも謝礼を貰うだなんてことはできない。

「そうは参りません。わたくしにも一家の当主としての立場がありますもの」

「大丈夫です。本当に大丈夫ですから」

「受け取っていただかないと困りますわ」

晨曦は一歩も退く気はないようだ。やはりこのお姫様、向こう気が強い。どうしたものかと悩んでいると、

「晨曦様。それでしたら、こういうのはいかがでしょう」

傍に控えていた朱莉が、押し問答に割って入った。

「沙夜様にもう一件、別の頼み事をしてはいかがですか？　そちらを解決していただいたときに、合わせて報酬をお支払いするのです。狛の件も沙夜様なら――」

「出過ぎた真似はお止しなさいな、朱莉」

ぴしゃりと、凄みを効かせた声で晨曦が却下する。その表情は、初対面の際の強硬な態度を彷彿とさせるものに変わっていた。

「失礼にも程がありますよ。白澤様のお弟子様に、飼い犬の面倒事など頼めるはずがないでしょう？」

「ですが、昨夜も心配だと仰っておられたではありませんか。この数日、狛は餌にも水にも全く口をつけておりません。このままでは衰弱する一方です」

「それでもですわ。命令です、口を慎みなさい」

「……はい。申し訳ありませんでした」

残念そうに朱莉は顔を伏せつつ、こちらに意味ありげな視線を送ってきた。

もし可能ならどうにかして欲しい。彼女はそう言いたげだったが、食欲が減退した脚気患者のときとはわけが違う。

あの狼――山犬は高齢との話だったし、原因は老衰かもしれない。折を見てハクに相談してみるくらいはするが……。

ともあれ、とりあえず考えるべきはこの空気をどうするかだ。晨曦が刺々しい気配を漂わせたせいで、いつしか重い雰囲気が室内に立ち込めていた。

「よし」とそこで緑峰が声を上げる。「ならば俺の考えを聞いてくれないだろうか。実は、お披露目を成功させるための方策を練ってきたのだ」

「まあ……ありがとうございます。わたくしなどのために……」

晨曦は再び感動を声に表した。

「是非お聞かせ下さいませ。わたくしにできることならば何でも致しますわ」

「それは心強いな。……噂に聞いたのだが、晨曦はアレの指し手としてかなりのものだというではないか」

「アレ……？　もしかして、緑峰様もアレを嗜まれるのですか？」

「ああ。俺などは手習い程度の腕だがな。しかし官吏や大臣達にも愛好家はたくさんいるようだ。だからその対局会をおまえのお披露目の場とすれば、良い印象が与えられるのではないかと思う。女だてらに強いとなれば、みな一目置くだろう」

「それは……とても素晴らしいご提案ですわ！」

きらきらと目を輝かせながら、晨曦は高揚した顔つきになった。

アレというのが何かはわからないが、花が咲いたような笑みを浮かべる今の彼女は、思わず息を呑む程の美少女である。元々、貴人として育てられているから立ち居振る舞いに隙はないし、言動も実に堂々たるものだ。最悪だった第一印象さえ塗り替えてしまえば、すぐにでも皆に愛される正妃になれるのではと思う。

「朱莉、すぐに持ってきて下さい。アレを」

「かしこまりました」

叱責されて所在なさげにしていた朱莉は、命じられてすぐに執務室の奥側の戸を開けて、中に消えていった。他の妃嬪の部屋と同じならば、あそこは寝所になっているはずだ。

ややあって戻ってきた朱莉は、胸の前に陶製のお盆のようなものを抱えていた。

「……あら、白澤様のお弟子様にも知らないものがあるのですね？」

晨曦がくすりとする。

「象棋盤ですよ。燎から持って参りました」

「シャンチー……ですか。名前だけは聞いたことがあります」

確か二人で行う盤上遊戯で、互いに駒を取り合って勝敗を決めるものだったはず。

考案者は秦代末期に活躍した知将、韓信だと言われているが真偽の程は不明らしい。

物珍しげに見る沙夜の目の前で、晨曦がてきぱきとした動作で絨毯の上に敷物を敷き、朱莉がその中央に盤を配置した。

「さすがに手慣れた様子だな。では早速、お手並み拝見といこうか──」

いそいそと履き物を脱ぎ、敷物の上に座る緑峰。

盤を挟んでその対面に、晨曦も正座した。


ぱちり、ぱちりと駒を指す音が、緩やかに時を刻んでいく。

気付けばとっくに日は落ちており、静寂を塗り込めたような夜の帳が桂花宮全体を包んでいた。虫の声も今宵は聞こえてこないようだ。

「──む。投了だ」

胡座を崩し、緑峰が体を後ろに反らして後手をついた。

「参った。これは強い……。勝てる気がせんな」

「ふふふ、当然でございますよ」

晨曦は満面に笑みを浮かべて答える。

「そう簡単に負かされてはわたくしの立場がありません。これでも幼少のみぎりより研鑽を積み重ねて参りましたから。十二の頃から、本国では負けなしです」

まさに鼻高々という表情である。それが何だか微笑ましくて、遠巻きに対局を観戦していた沙夜もつい笑みをこぼしてしまった。

「だが俺にも意地というものがある。せめて一矢報いねば帰れぬな。もう一局頼む」

「もちろん、いくらでもお相手いたしますわ」

晨曦の口元は緩みきっていた。根っから象棋が大好きなのだろう。磨き抜かれた盤の表面を指先でなぞると、それだけでもう恍惚としているくらいだ。

そんな二人の様子を見ている間に、象棋の規則については大体把握した。

駒には七種類があり、それぞれ十六枚ずつが手持ちの戦力となる。象棋盤の表面には縦九本、横十本の直線が刻まれているのだが、その交点に駒を置いて動かすことができるようだ。

対局者は先手と後手に分かれ、交互に駒を動かしていく。そして自分の駒を動かしたとき、動く先に相手の駒があると、その駒を取ることができる。取られた駒は盤面から除去し、相手側の〝将〟と記された駒を詰めることで決着がつく。

七種の駒はそれぞれ動かし方に特徴があるようだが、晨曦は実に巧みにそれらを操っていた。狭い盤面上ながら縦横無尽に駒を動かし、時に予想もつかぬ大胆さで敵陣中央に切り込んでいく。比べて緑峰の方はややぎこちない動作であり、長考も目立つ。つまり明らかに地力が違うのだ。連戦連敗も当然のように思えた。

——でも、さすがに飽きてきたな。

込み上げてくる欠伸を嚙み殺し、ちょっとだけ壁にもたれかかった。一人だけ辞去するわけにもいかないが、何か暇潰しはないだろうか。

そう考えていたところで、すぐ背後から何かを擦る音が聞こえてきた。そしてわずかに開いた戸の隙間から、何かが室内に入ってきたのがわかった。

青毛の狼——いや、山犬の狛である。

彼は沙夜のすぐ傍までのそりと歩み寄ってきて、絨毯の上に腰を下ろすと、その場で寝転んで丸くなった。部屋の中が騒がしいので気になったのだろうか。

「……あの、ちょっと触ってもいい？」

言葉がわかるとは思えないが、一応小声で確認をとった。だってわざわざ手の届く場所に来てくれたのだ。触らない手はない。この機を逃すと狼に触る機会なんて一生ないかもしれない。

狛は首を動かさず、その金色の瞳だけを沙夜に向けたが、すぐにまた目を閉じた。それを許可と見て、沙夜は恐る恐るその体毛に触れていく。

「おお……何かごわごわしてるけど、冷たくて良い触り心地……」

犬みたいにふかふかではないが、これはこれで味のある感触だ。

続けて喉を撫でても、狐はされるがままになっていた。すると現金なもので、目を細めたまま大人しく撫でられている狐が、急に可愛く思えてきたのである。

そして俄(にわか)に心配になった。最近、餌を食べていないと聞いたが大丈夫なのだろうか。病気でなければいいのだが――

「参った。投了だ」

「ふふ。これで六連勝でございますね」

そうこうしているうちに決着がついたようだ。緑峰はまた負けたらしい。

「悔しいが実力が違うようだ。勝てるまでやりたいところだが、熱くなり過ぎて指し損じが増えてきた。少し休憩をさせてくれ」

「ええ。構いませんわ。いくらでもお付き合い致します。……そうですわ」

獲物を探すような晨曦の目が、沙夜に向けられたのがわかる。

「沙夜さん。もう遊び方は覚えられたでしょう？　緑峰様は少々お疲れのご様子ですので、休憩をとられている間、あなたが相手をしてくれませんこと？」

「ほう。名案だなそれは。俺も是非見てみたい。白澤の弟子の腕前をな」

緑峰は立ち上がり、自分が座っていた場所を譲ろうとする。だが沙夜はすぐに頭を振った。

「無理ですよ。ようやく決まり事を覚えたところです。晨曦様を相手にするなんて」

「勝てなくて当然だ。気楽にやるといい。正直に言うとな、誰でもいいから他の者が対局しているところを見たいのだ。闇雲に駒を動かしても勝てる気がせんからな」

なるほど。客観的に対局を眺めながら、自身の欠点を洗い出したいということか。

まあ気持ちはわからなくもない。何故かというと、緑峰の戦い方はあまりにも愚直に過ぎるからだ。一つの戦局を打開することにこだわるあまり、全体が見えていない。

それは沙夜の目からしても明らかだった。

「お願いします。沙夜さん」

何より、心底嬉しそうに輝く晨曦の瞳が逃がしてくれない。

だから仕方なく、「では胸を貸していただきます」と言って彼女の対面に正座した。

そして作法に乗っ取り、互いに背筋を伸ばしてお辞儀をし合うと、いよいよ対局が開始された。

先手はこちらだ。前線に五つ置かれた〝兵〟の駒を進めると、晨曦も同じ駒を進めてくる。兵は前方に一歩ずつ進むことができるだけの駒なので、当然ではあるが戦力は互角だ。真正面からぶつかれば引き分けしかない。そのはずなのだが……。

しばらくして、明らかにこちらの旗色が悪くなった。

駒を取って取られて、やってやり返され、あくまで盤面は互角に推移しているはずなのに、気付けば予想外の場所に伏兵が置かれており、徐々にこちらの将が端に追い詰められていく。

見事な手際だ。緑峰が『勝てない』と言った理由もわかる。完全に晨曦の掌の上で踊らされているではないか。もはや挽回(ばんかい)は不可能か……。

そう諦めかけた、そのとき。

「——ここ」

声に反応してふと顔を横に向けると、すぐ眼前に金髪碧眼の横顔があった。

その長い睫毛(まつげ)も、頰のうぶ毛も全てが金色だ。あまりの麗しさにどきりと心臓が高鳴ったが、必死の想いで口から飛び出そうになる声を飲み込んだ。彼女——天狐の姿はこの場で沙夜にしか見えていないからである。

「聞いてる？　早くここに指して」

「…………」

晨曦も美少女だが、天狐もまた呆れるほどに美形だ。こんな吐息が聞こえてきそうな距離に近寄られれば、意識せずとも鼓動が暴れ出して当然である。何とかそれを宥めるために、言われるままに駒を動かすことにした。時間を稼ぎ、その間に平常心を取り戻そうとして……。

「……あら？」

対面の晨曦からそんな声が漏れた。彼女はしばし逡巡したようだったが、

「ではこちらで」

と言い、ぱしんと音を立てて駒を打ち込んできた。

厳しい手だ。こちらの急所に楔を突き立てるような一手である。これを指されてはさすがに敗北か。そう思ったところで再び、

「ここに〝馬〟の駒を指して」

常人の目に映らぬ細い指先が、盤上に伸ばされた。沙夜は再び彼女の言う通りに駒を動かしていく。一度やってしまったのだから断れない。もはや指示に従う他ない。

冷静に考えてみると、勝負事の最中に第三者の知恵を借りるのは気が咎めた。ただ、どうせこの戦況を塗り変えることは今さら不可能だ。なら天狐の言うことを聞いて、少しでもマシな負け方をした方がいいだろう。その方が晨曦も楽しんでくれるはず。白澤の弟子の名目も立つし……。

とまあ要するに、沙夜の中にも多少の見栄があったということなのだが、その結果は思いも寄らない形となって返ってきた。

「――ま、参りましたわ」

勝ってしまった。

自分がどう駒を動かしたかなど、もはや覚えてはいない。だが現実としてあれほど劣勢だった戦況はひっくり返り、最後には晨曦の将を沙夜の馬が一刺しして終局を迎えたのだった。

「す、すみません。こんなはずでは……」と沙夜。

対面に座った晨曦は、顔を伏せて肩を震わせていた。いかにもこれはまずい。

「違うんです。実は途中から天狐……神獣様が指示を出してこられて……だからこの結果はわたしの実力じゃなくてですね」

「さ、沙夜さんの」

「え。あの、ちょっ」

「沙夜さんの馬鹿ぁあああっ!!」

すっかり涙目になっていた彼女は上擦った声でそう叫び、弾かれたような俊敏さで執務室の奥の寝所に走り去っていった。呼び止める間もなかった。

慌てて侍女の朱莉が追いかけていき……その場にしばしの沈黙が落ちる。

「うむ。見事な手並みだったな」

緑峰が何やら泰然とした態度で言った。

「晨曦も指し手としてかなりのものだと思ったが……さすがは白澤様だ。まさか象棋までお強いとは」

いや、指示を出したのは姉弟子だと言おうとしたが、止めておいた。どちらにせよ緑峰には天狐の姿は見えないのだ。ならばハクの仕業だということにしておいた方が面倒がない。

「わたしもびっくりしました。まさか勝ってしまうだなんて」

「こんな単純な遊戯、数局も見れば充分」と天狐は答える。いつも通りの無表情だが、何だか少しだけ得意気な気がする。「覚えておくといい。あなたの姉弟子は最強」

「まあいい。ところで……」

おほん、とそこで緑峰は咳払いをして、何やら声の調子を整えてから喋り始めた。

「せっかく二人きりになれたのだ、話をしておくことにしよう。俺は七月に行われる定例の夜会で、象棋の対局会を催すつもりだ。そこへ晨曦を招く。どうだ？」

「どうだ、と言われましても……」

彼の思惑はよくわかる。その会で晨曦があの美少女っぷりを発揮すれば、赤鬼などという醜聞は払拭され、正妃に相応しいと認められるかもしれない。幸い象棋の指し手としてもかなりのもののようだし、きっと好意的に受け止められるだろう。

ただ少し、何かが引っかかった。喉に刺さった小骨のような違和感がある。

いかに晨曦が美形といえど、緑峰がここまで必死になるのはおかしい気がするのだ。

沙夜の知る限り、彼が一番大切に思っているのはこの国そのものだ。燕晴から託された皇帝の使命を全うするため、彼はその身命を賭して政務に取り組んでいるはず。

「質問に質問で返すようで申し訳ありませんが、どうしてそこまで晨曦様にこだわれるのですか？　晨曦様に何があるのです？」

沙夜に求婚したときも同じだったはずだ。好意があったわけではない。白澤の持つ叡智を国のために活かそうと、弟子である沙夜を手元に置こうとしただけだ。それはつまり、晨曦にも何かがあるということ。

確信を持って訊ねた沙夜は、緑峰の目をまっすぐに見つめた。

だが彼は瞳を逸らさない。覚悟があっての行動だとわかる。

そのまましばらく待っていると、やがて緑峰は口を開いた。

「……皇位継承の儀の最中に起きた事件を覚えているだろう？　皇位簒奪を目論んだ者がいて、それに手を貸した綺進は生ける屍――僵尸と化していた」

「はい、覚えています。それが何か？」

何故、今その話をするのだろう。何やら嫌な予感がしてきたな、と思っていると、緑峰は意を決したような顔つきで切り出してきた。

「綺進はいつ誰に殺されたのか。どうして僵尸になったのか……。かつては親友と呼んだこともある男のことだ。己の持てる全ての権限を用いて調べたよ。そして一つの事実を突き止めた。……綺進を僵尸にした術師が、燎の黄家の当主——つまり晨曦だということをな」

「………は？」

あまりにも意外過ぎて、そう声を漏らすのがやっとだった。

呆気にとられる沙夜をよそに、緑峰はさらに言葉を続ける。

「晨曦の家は、〝赶尸術（がんしじゅつ）〟と呼ばれる術の大家だった。その名の通り、死んだ人間を僵尸に変えて操る術だ。その事実を知った俺は、当然ながら燎に抗議の声明を送った。かの国が、綜の国家転覆を陰から目論んでいた可能性がある。そう思ったからだが、返答として送られてきたのは晨曦自身だった。首謀者の身柄を送るから、煮るなり焼くなり好きにせよ、とな」

「ちょ、ちょっと待って下さい！　じゃあ噂になっているあの出来事って」

驚きのあまり声が震えてしまった。笙鈴が話していたあの赤鬼事件は……。

いや、よくよく考えれば違和感だらけではないか。晨曦は普段から仮面や帽子で肌を覆い隠し、入念に日光から己の皮膚を守っていた。なのに、あのときだけ油断していたのか？　そんなはずがないではないか。

――そうか。もう捨て鉢になっていたんだ。

実は晨曦は、処刑されるためにこの国に送りつけられてきたのだ。犯罪者として。だとしたら話は全て変わってくる。謁見の間で初めて緑峰と対面したときに、その紳士的な振る舞いを見て涙したと言われていたが……そんなの当たり前だ。

想像してみる。すっかり処刑されるつもりで登城し、もはや全てがどうでもいいと世を儚み、ボロボロになっていたところでいきなり求婚されたのだ。晨曦はその瞬間、心から緑峰の虜になったのだろう。

「……その話を知っている方は、どのくらいおられるのですか？」

「有力な大臣達はみな知っている。だから最初はみな目を丸くしていたよ。俺が誰にも相談せず、いきなり求婚などしたからな」

「な、なんて残酷な真似をするんですか……」

胸の奥からせり上がってきた感情は、強烈な怒りだった。

緑峰はつまり、晨曦の気持ちを利用しようとしているのだ。

「燎との交渉を有利に運ぶためですか。晨曦様を一体何だと思われているのです？」

「だが他にやりようがなかった。あのままでは、燎の意向通りに晨曦を処刑するしかなかったのだ。……だが俺はそうしたくはなかった。話を詳しく聞けば、晨曦は燎の重鎮からの依頼を受けて、言われるままに術を施しただけで綺進の殺害には一切関わっていない。彼女は何も知らずに利用された挙げ句、切り捨てられたに過ぎない」

「一人の女の子に全てを背負わせて……それが正しき国家の有り様ですか？」

憤怒のあまり声が震える。その沙夜の言葉は、目の前の緑峰にも向けられていた。

後宮は規模こそ大きいが、扱いはあくまで皇帝個人の家庭である。その中に匿えば他国からの干渉の一切を遮断することができる。それはわかる。

だが、正妃だ。処刑対象からいきなり一国の国母になれと言われたのである。晨曦のような線の細い子が、果たしてその重圧に耐えられるのだろうか。

緑峰への感謝と思慕の念で、今は必死に期待に応えようとしているようだが、この先に待ち構える障害はあまりに強大だ。真相を知っている有力者の中に、晨曦に対して好印象を持っている者など一人もいないだろう。だから周亥もあのとき、沙夜に対して探りを入れるようなことを言ったのだ。

そんな過酷な運命を背負わせた緑峰に対し、沙夜は非難の目を向けた。なのに。

「まったくだ」

「は？」

「まったくだと言ったのだ。晨曦は呆れるほど世俗に染まっていない。あれだけ清らかな心根の娘はそうはいないだろう。だから幸せにしてやらねばならん」

彼の口から飛び出してきたその言葉に、一時呆然となって声を失った。

緑峰は気付いていない。非難の矛先を向けられたことすら理解していない。

それはつまり、批判される覚えがないということ。彼には善意しかないということだ。少なくとも晨曦に対しては、利用しようという意図は全くないのだろう。燎への反発感情や、意に添わぬ家臣団への当てつけの意味もない。純粋に彼女を守るために、正妃にしようとしているのだ。

——緑峰殿が可哀想になってくるのう。あの性格からして、きっとおぬしを守ろうとしたのじゃろうし。

先日、紫苑から言われたその言葉が、不意に脳裏に蘇る。

そうだった。緑峰という男はそうなのだ。どこまでも愚直で少々天然で、行き過ぎたくらいに義に厚く、理想に殉じることができる人間だ。

「……では、晨曦様を正妃にしようとしているのは？」

「皇后という立場が一番安全だからだ。警護はいくらでもつけられるし、もしも皇后暗殺となれば国家の一大事となる。燎だっておいそれとは動けまい」

やはりか。晨曦が最も危険な立場にいる人間だからという理由で、迷いなく正妃に選んだのだ。もしも沙夜がその立場でも、きっと緑峰は同じようにしたに違いない。

本当に呆れた人だ。馬鹿正直過ぎる。間違いなく皇帝には向いていない。

けれど一周回って、好感に値すると思った。

ただ抜け目ないところもある。ここで緑峰が秘密を明かしたのは、沙夜を味方に引き入れるためだろう。事情を知れば見捨てられなくなると思っているのだ。

けれど、事態は当初の想定よりも遥かに厳しい。そのうえ準備が不十分にも拘わらず既に後戻りできないようだ。緑峰の提案した夜会も、正直うまくいくとは思えない。

それでもできることは全てやらなければならなくなった……。

「力を貸してくれるか、沙夜」

「何言ってるんです、逃げ道を塞いでおいて」

「はは、バレたか。さすがだな」

きっとこれまで、一人で抱え込んでいたのだろう。緑峰は久しぶりに見る爽やかな笑みを浮かべて、安堵したように息を漏らした。

晨曦の病を巡る問題は、こうして予想だにしない方向に転がり出した。だが気付いたときにはその回転に巻き込まれており、もはや止まることすら叶わないようだ。まったく理不尽にも程がある。おしなべてこの世の事は、何もかも思い通りにならないが……不器用な彼らを放っておけないのもまた、沙夜の性分であった。

聞けば、夜会の開催までの時間は、あと一週間しかないらしい。

猶予はない。だが具体的な方針も定まらない。光線過敏症を治す術は未だわからず、日焼け止め薬を改良しても恐らく意味はないだろう。魃の伝承についての調査は続けているが、ハクに訊ねても何も答えてくれず、白澤図に目新しい情報を見つけることはできなかった。

ただ一つ、納得したことがある。

実は魃は、僵尸を生み出す存在としても知られているのだ。

ごく一般的な民間伝承の一つに、干魃で亡くなった人間の死体は、死後百日が経過すると動き出すというものがある。

極度に乾燥した死体は、生前とあまり外見が変わらない。それは即身仏や木乃伊（ミイラ）の例を見ればわかる通りだ。だから干魃を引き起こす存在である魃が、死体を蘇らせる存在であるという風説が広がったのではないかと推察していた。でも違ったようだ。

晨曦の家は、昔から赶尸術の大家として知られていたそうだ。となると、そこから魃と僵尸を結びつける説が生まれた可能性が高い。

もしかすると、魃が体内に保持していたという熱量が、僵尸を生み出すのに使われていたのではないだろうか。その原理はまだよくわからないが。

彼女の家名が〝黄〟なのも、よく考えれば暗示的だった。元が黄帝の娘だから先祖がその姓を名乗ることにしたのだろう。

これらの事実に関しては、いずれ本人に確かめてみなければならないが……果たして機会があるかどうか。そんな取り留めもない思考を抱えながら、沙夜は夜会までの間、夕刻近くになると足繁く晨曦の元に通った。

「――今日も来て下さいましたのね。さ、中に入って下さいまし」

彼女はにこやかに迎えてくれた。しかし事が事だけに話が切り出し辛く、毎度聞きそびれてしまう。

そのうち会話の種も尽き、結果として象棋の相手をして毎日を過ごすことになった。晨曦もやはり不安を抱えているのか、沙夜が相手では物足りないだろうに付き合ってくれ、少しずつお互いのことを話すようになった。

「——あの、今さらかもしれないですけど、晨曦様はいいんですか？　このまま緑峰様の正妃となってしまって」

「え？　何がですの？」

盤を挟んで駒を動かしながら、彼女はきょとんとした瞳をこちらに向けてくる。

「もちろんです。それが緑峰様の望みなら、異存などあるはずありません。……沙夜さんもお聞きになったのでしょう？　わたくしの事情について」

「それは、一応……。ですが敵は多いですよ？　正妃にならずとも、後宮でひっそり生活する道もあると思うんです。目立たなければ狙われることもないかもしれません。それこそ白陽殿に来ていただいても……」

「確かにそうですね。今度のお披露目が失敗すれば、結果的にそうなるでしょう」

力のない歪んだ微笑を口元に浮かべ、晨曦は目を逸らす。

「でもわたくしは、憐れまれたいわけではないのです。誰かの庇護下で……闇の中でこれから先を過ごしたくはない。叶うならば、いつかあの方の隣に並び立ちたいと思っています。これが偽らざるわたくしの本心です」

再び正面に顔を戻すなり、ぱちりと勢いよく駒を動かしつつ、彼女は強い意志を感じさせる瞳を向けてきた。

「緑峰様だけは、最初からわたくしの味方をして下さいました。初めてご挨拶に伺ったあの日……わたくしはさぞや醜かったことでしょう。全身赤く腫れ上がり、二目と見られぬ醜女だったはずです。それでも彼は顔色一つ変えず、わたくしを受け容れて下さいました。その恩に報いるためなら、いますぐ槍衾に飛び込めと言われてもそう致しますわ」

「つまり、恩義があるからということですか？」

「いいえ。言い方が悪かったですわね」

やや逡巡しつつも、彼女は言葉を続ける。

「恋に落ちたから、ですわ。わたくしの身も心もあの瞬間から、間違いなく緑峰様のものとなったのです。……恋敵のあなたに、こんなことを言っては困らせてしまうかもしれませんけど」

「こ、恋敵？」

思ってもみなかった言葉に、沙夜は目を白黒させた。

「それは誤解です。わたしは別に緑峰様のことは……」

「でも、わたくしより先に求婚されたと聞きましたわ」

「すぐに断りました。そもそも求婚されたのは、わたしが白澤の弟子だからで……。

妃の地位を与えておいた方が御しやすいという政治判断があって」

「別に関係ないと思いますが……。なら遠慮はいらないのですね？」

「誓ってもいいです。晨曦様の愛しい人を奪うような真似はしませんので、安心して下さい」

「ですがわたくし、狭量ではないつもりですわ。緑峰様が本心では沙夜さんのことを愛していたとしても、わたくしは隣にいられるだけで充分です」

「いや、有り得ないですから。晨曦様のような美しい方ならともかく、わたしなんかが男の人に好かれることはないと思います」

「そうでしょうか。わたくしの目から見て、沙夜さんは充分に可愛らしいと思いますけれど」

晨曦は小首を傾げる仕草をしつつ、こちらを観察するような視線を投げかけてきた。

そのせいで頬が火照っていくのがわかる。

——ああ、何だこの可愛いらしさは。無性に守ってあげたくなる。

彼女の無邪気な所作に、沙夜の方こそ胸を鷲づかみにされていた。他の誰と一緒にいたってこんな気持ちになったことはない。これが庇護欲か……。

彼女の幸せを願う気持ちが、胸から溢れてこぼれ落ちそうだ。だから沙夜はこの夜、晨曦を皇后にすると決めた。緑峰の隣で最高の笑みを浮かべる彼女の姿をいつか見ることを想像しつつ、そのために全力を尽くそうと気持ちを新たにしたのだった。

しかし、来たる夜会の日の昼下がりに、事態は急変した。

いや、気付かぬうちに事態は進行していたのかもしれない。朱莉からの報せを受けて桂花宮に急行した沙夜は、寝所の床に横たわって苦しげな息を吐く晨曦の姿を目にして、しばし言葉を失った。

「すみません」事情を説明し始めたのは朱莉だ。「実は数日前から狖の姿が見えなくなり、未明から付近を捜索されていたのです。私もご一緒していたのですが、今日は日が昇ってからもなかなか戻ろうとされず……」

言われてよく見てみると、晨曦の肌が全体的に赤くなっていた。光線過敏症の症状だ。この日差しの中で数刻も出歩いていれば、そうなって当たり前だ。

「どうしてそんな無茶を……。一言相談して下されば」

言いかけて、途中で口を噤んだ。

いや、相談はされていたではないか。狖のことを頼めないかと朱莉に言われたことがあったはずだ。晨曦には却下されたが、注意は払っておくべきだったのだ。

「――いいえ、沙夜さんに迷惑はかけられません」

額を掌で押さえるようにしながら、晨曦が体を起こした。

「家族の問題ですもの。わたくしが始末をつけなければいけなかったのです。……犼は恐らく、わたくしに愛想を尽かしたのでしょう」

「愛想を尽かした？　何故そう思われるのです」

「簡単な話ですわ。一族が守ってきた矜持を捨てて……家名を捨ててまでわたくしが生き永らえようとしているからです」

風に吹かれれば消えそうな微笑みを湛えた口で、彼女はこう続ける。

「犼は、僵尸なのです。わたくしが唯一、己の意思で僵尸にした存在です」

「えっ……？」

さすがに驚いた。

「僵尸……あの狼が？　そんなふうには全然……」

「ええ。余程のことがない限り、誰にも気付かれることはないでしょう。そのように術を施しましたから……。ですがそれだけに、犼はわたくしを許せなかったのでしょうね。赶尸術のせいで国元から売り飛ばされたことも、処刑されそうになったことも、それを捨てて一人の女として生きていこうとしていることも……」

その宝石のように大きな瞳を潤ませ、声を震わせる晨曦。

あの狼がそこまで考え、主人を見限って出て行ったというのか。正直信じられない。いつも大人しいながらも執務室の近くに控えていて、愛想はなかったが何かに憤っているようにも見えなかったのに……。

「とにかく、わたしが探してみますから」

今できることをしなければ、きっと後悔するだろう。だからそう提案した。

「朱莉さん。晨曦様の肌は、どれくらいで元に戻るのですか？」

「数刻もあれば……恐らく夜会までには間に合うと思います」

「ならばそれまでに見つけます。待ってて下さい」

そう口にして、すぐさま沙夜は踵を返した。

腫れた肌が元に戻っても、今の晨曦の精神状態で夜会に送り出すことはできない。明らかに自信を喪失しているからだ。いかに緑峰が手を尽くそうとも、不特定多数の悪意に飲み込まれてしまうことは想像に難くない。

後宮のどこかにいる狁を一刻も早く見つけ出し、晨曦に引き合わせてやらなくてはならない。沙夜は焦燥感に追われるようにして寝所を飛び出した。

全速力で白陽殿に戻ると、息せき切った状態で書斎に飛び込んだ。

「ハク様！　どうかお力をお貸し下さい！」

「…………あ？」

黒檀（こくたん）の重厚な机の上にだらりと寝そべり、着物の胸元をはだけさせたあられもない姿を見せているのは絶世の美青年だ。日差しを受けて煌めく白銀の長髪も、机上から枯柳（かれやなぎ）のように垂れ下がっている。珍しく人の姿をしている点は評価するが、いろいろ台無しである。

「なんだ、騒々しい……」

「あの、起きて下さい。着物もちゃんと着て下さい。それかいつものように猫に変化して下さい。目のやり場に困ります」

「細かいことを言うな……。猫の姿は暑いのだ。毛皮がどうしてもな」

「でしょうね……っていや、そんな場合じゃないんです！　実は──」

一刻を争う事態だということを思い出した沙夜は、声量を膨らませて訴えかける。

晨曦の飼い犬である狐は実は僵尸で、それが数日前から姿を消したのだと伝えると、

「だからどうしたというのだ。下らん」

ハクは吐き捨てるような声で答えた。

「僵尸なのは知っている。一目見て気付いた。それにあの犬を探しているなら、わざわざここへ戻ってこずとも天狐を呼べばよかろう」

「あ……確かに」

盲点だった。焦りからか、天狐のことを失念していた。

額に第三の眼――神眼を持つハクと同じように、天狐もまた千里眼を持っている。探し物なら彼女の方が得意だ。

「――ようやく気付いたの？」

音もなく隣に現れた天狐が、肩に手を置きながら顔を覗き込んでくる。

「師父に指摘されるまで気付かないなんて、どうかしてる。頭を冷やしなさい」

「いや……わかってたなら声をかけて下さいよ。もうそんなに時間が……」

「時間に余裕はある。あの犬の居場所なら突き止めてる。というかすぐ近くにいる」

「えっ。本当ですか？」

目を瞠りつつ問い掛ける沙夜に、天狐は表情を変えず「当然」と答えた。それから机上に寝そべったままのハクに歩み寄り、何かを耳打ちする。

「……ですので、師父もご一緒された方がよろしいかと」

すると「なるほどな」と言ってハクは体を起こした。それと同時に白猫に変化すると、「ならそこまで運んでいけ」と呟きながら伸びをする。

天狐は自然な動作で彼を抱き上げると、「はいあげる。暑いから」と言ってこちらに差し出してきた。どうやらハクの運搬は基本的に沙夜の仕事らしい。

それはともかく。「で、狐はどこにいるんですか？」

「案内はあの子がしてくれる」と天狐は窓の方向を指さした。そちらに目を遣ると、窓枠の上に何かが留まっているのが見えた。

白い体毛に包まれた小鳥大の生き物、文文である。春鈴による献身的な介護の甲斐はあったようで、二枚の翅がすっかり再生していた。

と、見る間に大蜂は宙に浮き、孤を描きながら窓の外へ飛んでいく。

「ほら、追いかけて」

そう天狐に急かされるままに、沙夜は書斎を出た。それから文文が飛び去った方向へ走っていく。

特徴的な白い尾のおかげで見失うことはなかった。どうやら文文の方もこちらの歩みに合わせて速度を抑えてくれているらしい。

そのまま裏庭を抜け、裏口の木戸を開けて白陽殿の敷地から外へ出て、鬱蒼とした竹藪の中へと足を踏み入れた。

密集した竹林は内部にほぼ日差しを通さない。足元は腐葉土が覆い尽くしており、空気も打って変わってじめじめとしたものになった。

そうして足を進めること少々。文文が上空で静止したので、注意深く周辺を確認してみると、すぐに彼の存在に気が付いた。

太い青竹の根元に青毛の狼が寝そべり、普段通りに丸くなっていたのである。

「……狁、どうしてこんなところに。晨曦様が心配していたよ？」

声をかけつつ近付こうとした沙夜だったが、不意に彼が首を上げ、唸り声を地面に響かせたので立ち止まった。どうやら警戒されているようだ。

「ちょっと、わたしのこと忘れたの？　前は撫でさせてくれたのに……」

「気が立っておるのだ。下手に近寄れば噛まれるぞ」

そう言ったのは、胸元に抱えていたハクだった。

「狼のことなどどうでもいい。天狐、あれはどこだ？」

「はい。こちらです」

呼びかけられた天狐が、少し離れた地面を指さしていた。一体その場所に何があるというのだろう。続けて「沙夜、あちらへ」とハクに促されて足を進めていき、その光景を見た瞬間、思わず息を呑んだ。

「こ、これって……！」

代わり映えのしない竹林の地面に、散乱していたのは百足の死骸だった。かなり大きいようだ。中型の蛇くらいはある。それが全部で三匹、無惨な屍を晒していた。

「天狐よ、回収しておけ。妖異化した百足は良い薬の材料になる。散々我の領域内を荒らし回ってくれたのだ。そのくらいはせんと文文の一族も浮かばれまい」

全てを見通したようなハクの冷静な発言を聞いて、沙夜もまた、この惨状に至った大体の事情を把握する。

文文の一族を滅ぼし、彼女自身にも手傷を負わせた犯人は、やはりこの妖異化した百足達だったのだ。

その百足を駆逐したのが犽なのだろう。彼はそのためにここ数日、姿を消していた。この場所で暗闘を繰り広げていたからだ。

そして犽が百足を敵と見なした理由も自明である。きっと朱莉を襲ったせいだ。

朱莉自身は『犽は晨曦様にしか懐いていない』と言っていたが、犽の方はしっかり仲間だと認識していたに違いない。だから百足を排除した。放置していれば、主の身にまで危険が及ぶ可能性も考慮してのことだろう。

「……おまえ、たった一人で闘ってたんだね」

再び沙夜は犽の元へ戻り、今度は優しい声色を心掛けながら呼びかけてみた。

「一緒に帰ろう？　晨曦様もきっと褒めて下さるから」

「……グルゥゥ」

だが犽は唸り声を上げ、拒絶を表現する。帰らないと言っているのだ。

どうしてなのか。百足を斃すことが目的ならば、それは既に果たしたはず。

やはり晨曦が言ったように、家名も赶尸術も捨てて生きることを選んだ彼女に怒っているのだろうか。そんな感じはしないのだが……。

「――待って」

とそのとき。沙夜の脳裏に閃くものがあった。

「おまえ、一度もわたしの前で口を開いていないよね？　何かを食べるどころか吼えもしていない。口を開けられない理由でもあるの？」

びくっ、と一瞬だが、犽が体を震わせたのが見えた。

図星か。しかも賢い子だ。沙夜の言葉をしっかり理解している。

「……口を開けなさい。抵抗すれば無理矢理にでもこじ開けるよ？」

そう言って凄みながら近付いていくと、犽は素早く立ち上がって逃げ道を探すように首を左右に振った。だが残念ながら逃げられない。彼の後ろには太い青竹。右には天狐、左にはハクが立ち塞がり、道を閉ざしているからだ。

さあ見せてもらおうか。その口の中に何があるのかを――

「………犰っ！」

時刻は既に夕暮れ時に達していたが、何とか桂花宮に犰を連れて戻ることができた。

執務室まで彼を連れて行くと、寝所に繋がる戸を開けて飛び出してきた晨曦が、声を上げながらいきなり抱きついた。

「しっ……心配したんですのよっ……。青毛の狼に。わたくしの許可も得ずに、一体どこへ行っていたの！」

余程、犰の身を案じていたのだろう。彼女は汚れることも厭わず地面に膝を突き、涙で顔をぐしゃぐしゃにしながら訴えかける。

「晨曦様！　そこ日向ですよ！　陰へ入って！」

沙夜は慌てて彼女を渡り廊下まで退避させ、それから続きをしてもらうことにした。

見る限り、夜会に赴く準備は既に整っていたようだ。鮮やかな紫陽花色の着物を身に纏っており、化粧も抜かりなく施されている。なのに、涙の跡が黒々と頬に広がってしまっており、着物も一部土まみれである。いろいろと台無しだ。

「もう晨曦様、せっかくのお召し物が汚れて……。仕方がないですね」

主を追って寝所から出てきた朱莉は、言葉とは裏腹に柔らかい声で言い、すぐに瞳を潤ませた。彼女もずっとこの再会を望んでいたのだろう。

感動的な場面ではあるが、このままというわけにもいかない。再び身支度を整えて夜会に行かねばならないのだから、猶予はあまりないのだ。

水を差すことになるのはわかっていたが、晨曦にこう語りかけていく。

「すみませんが晨曦様、いくつか誤解を正させて下さい。まず狁は、あなたに腹を立ててここを出て行ったわけではありません。餌や水に口をつけなかったのも別の理由があってのことです」

「……別の、理由ですって？」

目尻を指先で拭いながら、彼女は顔を上げた。沙夜はそこですかさず説明を加える。

朱莉を襲った百足を狁が退治したことを。さらに――

「先程、狁の口の中を確認しました。すると口内に夥しい数の傷痕があったのです。恐らくはその痛みにより食欲が減退していたのでしょう」

所謂、口内炎である。竹林で狁を取り押さえて口をこじ開けたところ、多数の口内炎が見つかったのだ。そこへさらに百足を複数嚙み殺したりしたものだから、あまりの激痛に身動きできなくなったに違いない。

ちなみに確認の際、狐は抵抗した。最後の力を振り絞って暴れようとしたようだが、天狐の威圧を受けた途端、ころんと地面に転がって呆気なく腹を見せた。あれは実に見事な服従の意思表現だったが、彼の名誉のために内緒である。

「口の中に傷？　そんなものが……」

「ええ。ですが幸いにも薬がありましたので大丈夫です。塩梅の果肉を塗っておきました。しばらくは痛みが緩和されるはずです」

口内炎が痛むときは、傷口で細菌が繁殖しているのだとハクが言っていた。なので塩を大量に含み、殺菌能力に優れた塩梅が治療に打ってつけだったのだ。

感覚的には傷口に塩を塗り込むようで、痛みが倍加するように思うが……口の中に梅肉を塗り込むと、狐自身も不思議そうな顔をするほどに効果は覿面。たちまち痛みが引いたらしかった。

ついでに天狐が、『僵尸は生き血を飲ませることで活性化する』と言うので、試しに指先を傷つけて沙夜の血を数滴飲ませてみた。すると、自力でここまで歩いてこられる程に回復したのである。

「それともう一つ」と沙夜は続ける。「先程も言いましたが、狛は晨曦様に対して腹を立てたりなどしていません。むしろ逆だったのだと思います」

「えっ……。逆ってどういうことですの？」

「狛は賢い子です。だから察したのでしょう。晨曦様が家名を捨てて新たな人生を歩まれる際、僵尸である自分が傍にいては迷惑になるのではと」

「そ、そんな——」

晨曦は絶句する。自己評価があまり高くない彼女のことだ、狛が身を引こうとしたという発想はなかったに違いない。

その説は沙夜の推測に過ぎないが、しかし恐らく真実なのだろうと思う。何故ならあの竹林で狛は、ひっそりと滅びの時を迎えようとしていたからだ。

いかに僵尸といえど、肉体が朽ち果てれば天に還るしかない。その行動が何よりの証拠だろう。彼は今まで主のために、わざと距離を置いていたのだ。

「……そんなの、許せません。わたくしを置いて逝くだなんて……！」

ぶわっ、とそこで晨曦の両目に再び涙が溢れ出した。

「馬鹿っ。あなたはわたくしの、一番の友達で、一番の宝物で……。だから一人で逝くだなんて、絶対に許しません……！　二度と勝手な真似はしないで、お願いだから

「一人にしないで……！」

もはや号泣だった。晨曦はなりふりかまわず狐に頬ずりをし、涙を擦りつけ、懇願に近い言葉で彼を糾弾する。

後ろで見守っていた朱莉も、いつしか顔を両手で覆いながら嗚咽を響かせていた。

狐の方も、雨のごとく涙を降らせる主の姿に戸惑った様子ではあったが、地面に腰を落としたまま微動だにせず全てを受け容れている。

危うく沙夜も貰い泣きしそうになるが、もう時間がないのだ。どうにか晨曦を早く泣き止ませないと……。

「うわぁん……。今夜は狐と一緒に寝ますぅ。いいでしょう朱莉？」

「仕方がありませんね、晨曦様。今夜だけですよ」

「いや、その前に夜会ですよ！　お二人とも準備をして下さい！」

結局、晨曦の涙が収まったのは、それからかなり後のことだった。

そのせいで沙夜を巻き込んで、嵐のような慌ただしさで身支度が行われる羽目にはなったのだが……そんな労力も感動の対価に比べれば、安いものではあった。

夜会の場は、一種異様な熱気に包まれていた。

皇城の大広間には所狭しと象棋盤が置かれ、参加者の誰も彼もが精力的に対局を繰り返していた。別に強制されたわけでもないのにだ。

言うまでもなく、この熱狂ぶりも緑峰の手回しによるものである。彼はその実直な人柄から素直な気持ちを口にするので、何の計算もせずに人の心を打つことがあるらしい。意外にも扇動者としての資質はあったようだ。

いずれは科挙の試験科目の一つに盛り込むことも考えている、と声明が出されたのも大きい。また緑峰自身が毎夜のように対局の相手を求めて家臣に声をかけるので、その覚えを良くしたいという思惑もあったのだろう。元々象棋に興味を持たなかった官吏たちですら、数日のうちに基礎的な駒の動かし方を覚え、政務の休憩時間に宮廷内のそこかしこで遊戯に興じる姿が散見されるようになったらしい。

かくして、象棋熱が最高潮に高まったこの夜、満を持して行われたこの月見の夜会には、異例とも言える数の参加者が詰めかけていた。

しかも、大掛かりな準備を一切必要としない質素な会である。会場の装飾には全く公的資金は使われていない。大広間の窓と戸を全て開け放って満月を眺めつつ、各々酒杯を傾けながら象棋に興じるだけという単純なものだ。

にも拘わらず、この大盛況である。そこかしこで熱の籠もった声が上がり、象棋という遊戯を通して官吏達の結束すら固められたように見えた。主催した緑峰も鼻高々の様子で、この調子ならば第二回、第三回と定期的に開催していけるのではと思える。

「──なかなか盛況のようじゃのう」

と、会場の様子を見回していた紫苑が言った。沙夜はいつも通り、皇太后の侍女に紛れて会合の末席にお邪魔している。

「はい。ここまでは計画通りです」

「緑峰殿もかなり腕を上げたようじゃな。今のところ全勝らしいぞ」

「ええ。晨曦様を相手にしても、かなり食い下がれるようになられたようです。昨日今日のうちに象棋を始められた方には負けないでしょう」

「ふむ。妾ならどうじゃ？　どちらが勝つと思う？」

「それは……わかりませんが」

沙夜は苦笑いで返す。紫苑もなかなかの負けず嫌いであり、この夜会の話を聞いてから、毎夜のように白陽殿を訪ねてきては燕晴と対局していた。

だからこそ、この場で彼女の闘争心を煽るような迂闊な発言はできない。会場に入ってからの落ち着きのない素振りを見るに、紫苑は指したくて仕方がないようだが、緑峰とならいつでも指せる。我慢していただきたい。

だって目的は別にあるのだ。「少し様子を見ましょう」と紫苑をなだめつつ、端の席から宴の流れを眺めていると、

「……そろそろ状況が動きそうじゃぞ」

扇子で口元を隠しつつ、紫苑が言った。見ると緑峰の周りに人だかりができていた。先ほどまで広間に散って対局を楽しんでいた官吏たちも、実力者同士の対戦が気になって集まってきたようだ。

「妾たちも、近くへ行ってみよう」

はい、と答えて対局が見える位置まで行ってみる。

緑峰の相手は、どうやら大臣の一人のようだ。豊かな顎髭を蓄えた恰幅のいい中年男性であり、交わしている言葉からしてかなりの有力者なのだろう。

だが形勢は緑峰の有利で進行していた。別に、相手が皇帝だからといってわざと勝たせようとしているわけでもない。そうする必要がないほどに今の緑峰は強い。

「……参りましたな。投了でございます」

しばらくして、相手の大臣が頭を垂れた。

「いやはや、陛下はお強いですな。感服いたしました」

「俺などまだまだだ。上には上がいる」

ふっ、と笑みを漏らしつつ緑峰は謙遜を口にする。

「おまえたちは知らぬだろう。実は後宮には、もっと強い指し手がごろごろいるのだ。日々そやつらに揉まれていたせいで、ある程度は指せるようにはなったが……正直今でも勝てる気がせぬ。そなたらも指導対局を願い出てみればよい」

「ほう？　後宮にですか」

その大臣は興味ありげに片眉を吊り上げた。

「陛下がそれほどまでに仰るとは……もしや相手は噂の、白澤の弟子でしょうか」

彼の言葉を聞いて、周囲の官吏達がざわめき出す。皇位継承の儀で白澤の弟子が何をしたかという話は既に噂として広まっているからだ。あからさまに顔をしかめる者、好奇に目を見開く者、反応は様々。

だが、普段よりも身綺麗にして侍女に扮しているからか、この場に本人がいることに気付いた様子の者はいない。

「なるほど、沙夜か」と緑峰。「確かに彼女も強いが、もっと強い者がいる」

「かの白澤の弟子よりも、ですか？　一体誰のことです」

大臣の声がやや芝居がかったものに変わった気がした。

なるほど、仕込みか。彼には事前に話を通しているのだろう。全てがわかった上で

茶番に付き合ってくれているに違いない。そう納得していると、

「良い機会だ。みなにも紹介しておこう」

緑峰が徐々に語気を強めながら言った。いよいよお披露目の時だ。

「――晨曦、そこにいるか」

「はい」

凛とした返事が、琴の弦のようにその場の空気を震わせたのがわかった。

直後、戸を開けて隣室から歩み出てきたのは、紫色の薄衣を纏った美し過ぎる少女である。

おお……と、どこからか感嘆の声が漏れたのがわかった。

無理もない。彼女の容姿にはそれだけの力がある。その立ち姿を一目見てしまえば、もう視線を外すことすら許されない。

たちまち静まり返った場に、長い裾が床を擦る音だけが響く。そのまま悠然と足を進めた彼女の前で、立ち上がった大臣が一礼して席を譲り渡した。

「彼女の名は、晨曦」

緑峰が改めて周知する。

「燎の姫にして、このたび俺の妃となった女性だ。ゆくゆくは正妃にしようと考えて

いる。みな、これを機に彼女の顔を覚えておいてくれ」

すると緑峰の言葉に合わせて、晨曦は優雅な所作で礼を取った。その光景はもはや一枚の絵画にも見えるほど荘厳で、艶やかさに満ちていた。

周囲はまだ静まり返っており、誰も彼も一切の言葉を発しない。明らかに彼女に見惚れているのだとわかる。

服飾品の豪華さもさることながら、今宵の晨曦の化粧は一味違う。目尻や唇に煌めく珊瑚の粉を散らして仕上げているのだ。それが月光の蒼と燭台の赤が入り混じった薄明かりの中で、妖艶としか表現できない浮き世離れした美を醸し出している。

彼女が敷物に座り、緑峰と対局の姿勢を見せると、ようやく周りから「ほう」と息を吐く音が聞こえてきた。まるでさざ波のようにである。

すると「なんと美しい」「まさに天女」などと絶賛の呟きまでが聞こえてきた。

沙夜はそれを、まるで自分が褒められているかのごとく心地よいものとして感じた。

今さら晨曦の魅力に気付くなんて遅い。遅すぎる。

ようやく彼女が認められた。それがたまらなく嬉しい。

ただもしかすると、狐とのわだかまりを抱えたままの彼女では、これ程うまくいかなかったかもしれない。晨曦の内側から滲み出ている、あの眩しいまでの気品の正体は、自信だ。負い目を克服し、自身を肯定することができた今だからこそ、あれだけの美しい立ち居振る舞いができているのだ。そう思う。

「──お願いします」

やがて緑峰と晨曦がお互いに挨拶を交わし、盤を挟んで対面に座ると、静かに対局が始まった。

すると周囲に形成されていた人の輪がきゅっと縮まり、盤上に視線が集中していく。

そう。まだ序の口である。象棋において無類の強さを見せるとき、晨曦はもっと美しくなる。花瓶の生けられた花よりも、嵐に吹かれてもなお凜と咲く花の方が綺麗(きれい)に決まっているからだ。

「……のう沙夜よ」とそこで紫苑が呼びかけてきた。「会場に入る前におぬし、何か晨曦殿と話していたじゃろう。あのとき何を言ったのじゃ？」

「ええと……大したことではないです。駄目押しのようなもので」

「ん？　駄目押し？」

思わせぶりな言葉が興味を惹(ひ)いてしまったようだ。ちゃんと説明することにする。

「家名を捨てる必要はないと言いました。あのとき言ったのはそれだけです。事前に大体のことは説明していましたから」

晨曦の身支度をやり直している最中に、本人には伝えていたのである。白澤図に記されていた、黄家の真実について。

「晨曦様の家の生業について、知っておられますか？」

「赶尸術じゃろう」と紫苑はすぐに答えた。「大丈夫じゃ。事情は全て知っておる。それで？」

「はい。ですが違うんです。赶尸術は元々、僵尸を生み出し操るための術ではありませんでした。己が受け継いだ家業に対し、晨曦様が負い目のようなものを感じているようでしたので、それを説明したのです」

赶尸術はその昔、〝送尸術〟という別の名称で呼ばれていた。そして今とは異なる目的で、生者に対して施される術だった。

戦争のための遠征や長旅に赴く者が、故郷から遠く離れた地で死した際、その屍が勝手に家へと還るように……。つまりは残された家族のために編み出された術だったのである。

「だから、恥じることなどないと言いました。立派な家業だと」

「なるほどな」と紫苑は共感を示した。「術は術じゃ。使う者の心一つで正にも邪にもなりうる。妾も僵尸というだけで忌避していたが、必ずしも邪悪な存在などではないのかもしれんのう」

「はい。そうなんです。……ありがとうございます、皇太后様」

彼女の理解の深さに、思わず感謝を口にしてしまった。

僵尸に対する偏見があるからこそ、狐は主の重荷になるまいと距離をとろうとし、晨曦は家名を捨ててただの妃として生きようとした。けれどその必要はないのではと沙夜は思ったのだ。

と、そこまで説明したところで、会場がおおっとどよめいた。

きっと晨曦の強手が炸裂したのだろう。対面の緑峰が頭を抱えていることからしてもそれはわかる。

「……ふふ。もう心配はいらぬようじゃの」

ほっとしたように吐息を放った紫苑に同意を返し、沙夜もまた安堵に胸を撫で下ろした。

もはやこの会場の熱は、今宵遅くまで冷めることはないだろう。緑峰だっていつものように何度も負けて何度も再戦を願い出るだろうし、彼の側近たちも晨曦と指したがるに違いない。それこそ列をなして。

もしかしたら薬が効き過ぎたのかも、と沙夜は苦笑する。ぴんと伸びた晨曦の背筋から察するに、今の彼女は最強だ。恐らく誰にも負けないのではないだろうか。となれば長丁場も覚悟しなければいけない。

ずっと対局を見守っていては、沙夜の方が先に保たなくなるかもしれない。だから窓から覗く大きな月に目を向け、気分を切り替えるため一つ静かに吐息を放った。

雲のない夜空に浮かんだその白き存在は、慈愛に満ちた光を地上に降り注がせつつも、あくまで寡黙に人々の営みを見守っていた。

そうして夜会は大盛況のうちに終わった。

会場で一際強く輝いていた晨曦の姿は、多くの官吏たちに好印象を残したようで、全てが良い方向に進み出したかのように思われた。

だからこそ、明け方にもたらされたその悲報を耳にしたとき……沙夜は腰から崩れ落ちて、しばらく動けなくなる程の衝撃を味わったのだ。

晨曦の侍女である朱莉が、見るも無惨な死体となって発見されたのは、夜会が惜しまれつつ閉幕したちょうどその頃だったそうだ。

第三章

屍人たちの女王

しびとたちのじょおう

《南方有人、長二、三尺、袒身而目在頂上、
走行如風、名曰魃、所見之国大旱、赤地千里》

南方のある人は、体長二、三尺ほどで、身には何も着けておらず目は額の上にあり、風の如く走り、名を魃と言い、それが現れた国は大旱に見舞われ、作物の稔らぬ不毛の土地は千里にわたった。

朝靄の残る石畳の道を、沙夜は慌ただしく駆けている。胸元に抱えた麻作りの鳥籠からは、ハクの「おい、あまり揺らすな」という苦情が断続的に聞こえてきていた。だが今はそれに配慮している余裕はない。

後宮と皇城のちょうど境目に位置する衛兵詰所には、早朝から剣呑な空気が漂っていた。先導する周亥のあとについて息を乱しながら門を抜け、足音を抑えずに廊下を進むと、とある部屋の中から漂ってくる気配に足を止めた。どうやら目的地はその先らしい。

促されて、沙夜は部屋の中に入った。多数の官吏と衛兵がひしめく空間の中央には簡素な寝台が置かれており、そこに寝かされた朱莉の変わり果てた姿を見た瞬間、「ひっ」と息を漏らして沙夜はその場にへたり込む。

彼女が好んで着ていた薄藍色の襦裙は、夥しい量の血液に塗れており、もはや元の色味すらわからない程だった。

死んでいる。疑いようもない。

沙夜だって飢饉を生き延びた人間だ。顔見知りの死体を見るのは初めてではない。

けれど、つい昨夜まで笑顔で言葉を交わしていた彼女のこの変貌ぶりには、さすがに言葉もなかった。頭の芯が痺れて立ち上がることもできない。

「――すまんな。朝から呼び立ててしまって」

そう言って誰かが沙夜の腋の下に腕を入れ、強引に引き起こそうとする。

見れば知っている顔である。頬に斜めに刻まれた深い刀傷と、巌のごとくごつごつした筋肉質なその体軀。三国時代の猛将呂布を彷彿とさせる偉丈夫だ。

「招星、宰相閣下……」

「息災だったか、沙夜。できればもっと穏やかな場で再会したかったのだがな」

その厳つい見た目の大男は、やや口角を上げて快活な笑みを見せた。

彼の名は招星。門閥貴族の出身だという彼は、門下省の長官である門下侍中の役についている。先帝の頃から宰相として辣腕を振るっており、名実ともにこの国で第二位の権力者だ。

だが父の親友であり、母とも親交があったという彼は、沙夜にとっては伯父のような存在だ。その容貌から威圧感を感じることはあれど、貴人の中では紫苑、緑峰に次いで恐縮せずに言葉を交わせる存在でもある。

「……招星様。朱莉さんはどうして……何故こんなことになったのですか」

「わからん。だからおまえを呼んだのだ。白澤様ならば、彼女の死体から何か手掛かりを摑めるかと思ってな」

「――おい。いい加減に鳥籠を開けて外に出せ。狭くてかなわん」

ハクが籠の内側をかりかりと爪でかいていた。気が動転するあまり、籠を床に放置してしまっていたことに気付き、格子状に編まれた蓋を開く。

中から這い出てきた白猫は、ようやく解放されたとばかりにゆっくり伸びをすると、直後に音もなくその姿を変えた。

現れたのは、怖気がふるう程の美青年である。細面の相貌にはすっきりと高い鼻筋が通り、深い蒼を宿した一双の明眸は怜悧な印象を抱かせ、銀色に近い白髪は腰まで長く伸びている。それら一つ一つの要素が、身に纏う赤い深衣に施された金の刺繡と相まって、体全体から発光しているかのように全身を輝かせていた。

「神眼を使う。その間に事情を説明させろ。死体を発見した状況と、現在までに判明している事実全てだ」

普段とはまるで違う、威風堂々としたその物言い。気圧された沙夜は咄嗟に「わかりました」と返事をし、そのままを通訳して招星に伝えた。

「そうか。診て下さるか。……おい、道を開けろ」

重い声で彼が指示を出すと、寝台を取り囲んでいた官吏達の人垣が分かれた。

その中央を進んでいくハクに追従し、朱莉の遺体に歩み寄っていく。近くで見れば見るほど目を覆いたくなる有様だったが、心を強く持って足を進めた。

「発見された時刻は今朝未明」と招星。「明け方近くまで続いた夜会が終わった頃、会場として使われていた大広間の前室にて、無惨な死体に成り果てたこの侍女が見つかった。発見者は袁周亥」

淡々とした説明が、耳に流れ込んでくる。そんな中、絹のごとき白髪が流れ落ちるハクの額に、いつしか赤い紋様のようなものが浮き出しているのがわかった。

彼の額の中央にある第三の眼は、神眼だ。琥珀色に輝くその瞳は、森羅万象に通じこの世の全てを見通すという。

「……全身四十カ所に及ぶ刺突の跡、か」

そこでハクは、ちらりとこちらに横目を向けてきた。

「おまえはこやつと一緒ではなかったのか？　昨夜、ともに夜会に参加したのだろう。皇太后の付き添いとして」

「はい、そうなんですが――」

と、沙夜は説明を始めた。

ハクの言うとおり、朱莉も紫苑の付き添いとして夜会に参加していた。ただ彼女には晨曦の化粧直しをする仕事があったため、会場には入らず前室に控えていた。

そして夜会は大盛況を極め、異例なほどに延長された結果、閉幕を待たずして紫苑が先に帰ることになったのだ。沙夜はそれについて皇城を出たため、帰り際に告げた挨拶が朱莉と交わした最後の言葉になった。

時刻は日付が変わる前。朱莉の死体が発見されるよりもかなり前だ。

「ならばおまえが帰った後、夜会が終わるまでの間に何者かが前室を訪れ、殺害に至ったというわけだな？」

「だと思います」

「前室には他に人はいなかったのか？　その部屋の周りに衛兵は？　何か物音などを聞いてはいないのか」

矢継ぎ早に繰り出されるハクの質問には、沙夜の知る限りでは答えられない。なので招星に訊ねてみたところ、彼は「おい」と事情に通じた者を手招きで呼んだ。

「お呼びですか、宰相閣下」

「良順よ、おまえも前室にいたはずだな？　何か変わったことはなかったか」

「いえ、特には……」宦官医師の良順は、皺深い顔を歪めながら答える。「会場から聞こえてくる歓声につられ、途中からは広間の方に出ていたのです。前室にいた他の官吏も同様でして、恐らく朱莉殿しか残っていなかったのではないかと」

「そうか。やはり目撃者はおらんか。……だそうだ。白澤様は他には？」

「お訊ねしてみます」と沙夜は再びハクに向き直る。「ハク様、何か気付かれたことはありませんか」

「たくさんある。というより、不自然過ぎるな」

彼は顎の下に拳を当てた姿勢をとって、呟くように答えた。

「凶器は金属製の針だろう。随分と長く頑丈なもののようだ。しかし致命傷がどれかはわからん。いくつかの刺突痕は的確に人体の急所を貫いていて、どれもが致命傷になりうる。だというのに、これ程入念に刺し貫く理由がわからんな」

「……強い怨恨があったということでしょうか」

「どうかな。それと衣服に付着したこの大量の血だが、遺体から流れ出たものだけではない。他の血も混じっている」

──他の血、だって……？

それって犯人の血ということだろうか。ならば朱莉さんは犯人と争い、手傷を負わせることに成功していた？　でも……。

「恐らく犯人の血ではなかろう」とハクはすぐに断じた。「量が多過ぎる。それだけ激しく争ったのならさすがに部屋の外の者でも気付いたはずだ。殺害自体は静かに行われたように思える。例えばこの延髄に穿たれた穴。これ一撃で声も出させずに殺すことはできたはずだ。他の傷はその後につけられたのやもしれん」

「何のためにです？　殺害だけが目的ではなかったと？」

「わからん。人の昏き情念など、我が関知することではないゆえな」

その突き放すような発言を聞いて、沙夜はあることを察した。

彼は叡智の神獣だ。全能ではないが全知ではある。だからハクが〝わからない〟と口にするときは、実は〝理解する気もない〟という意味なのだ。

犯行の手口や遺体の状態については教えてやる。だが犯人の動機などは知ったことではない。そっちで勝手に調べろ。言外にそう言っているのである。

だが沙夜だってまだ何もわからない。だからハクの言葉をそのまま招星に伝えた。

「なるほど、不自然だな。だがそれが犯人を特定する手掛かりになるやもしれん」

するとと……。

「招星様、一つよろしいでしょうか」

一歩前に出て進言したのは良順だった。

「許す。何か気付いたことでもあるのか？」

「いえ、大したことではないのですが……朱莉殿は発見された際、その手に一本の簪を握りしめていたそうです。それがこちらになります」

「ほう」手渡されたその簪を見て、招星は眉根に皺を寄せた。

真鍮製と思われる金色に輝くその先端には、わずかな血痕が付着していた。だが造りからするとかなり高価な代物である。沙夜はそれに見覚えがあった。

「あの、それは……」

「ん？　どうした沙夜。見覚えがあるのか？」

「はい。それは夜会の間、わたしが身につけていたものです」

そう言って経緯を説明する。その金色の簪は晨曦の持ち物だ。彼女の家に代々伝わるものらしいが、夜会のための身支度をしているときに何故か沙夜に差し出してきた。

――これを身につけておきなさい。多少は箔がつくでしょう。

一緒に会合に参加する相手が、見窄らしい身なりでは困る。そんなことを言いながら晨曦が押しつけてきたものだ。その言葉に甘えて夜会の間は髪に挿していたのだが、持ち帰って紛失でもしたら大変である。だから帰る直前に朱莉に返したのだった。

「死体が握りしめていた、か……。何か意図があってのことかもしれんが」

そう言って招星は腕を組み、「うーむ」と唸り声を上げる。だがその思考の筋道で真っ先に疑われるのは沙夜だ。あまりいい流れではない。

言うまでもなく潔白だが、無駄に疑われるのも御免だ。だからこう言って話を逸らすことにした。

「あの、最初から気になっていたんですが、どうして招星様が陣頭指揮をとられているんですか？　緑峰様はどうされたのです」

「あやつは自室に閉じ込めている。感情のまま迂闊な真似をされても困るからな」

今は臣下となった身にも拘わらず、何食わぬ顔で彼は答えた。

「殺されたのはただの侍女ではない。燎からやってきた、正妃にしようとしている娘の侍女だ。事件の裏にどんな思惑があるやもわからん。皇帝が表立って動けば問題が大きくなりかねん。……もう手遅れかもしれんが」

「……え。どういうことです？」

思わせぶりな言葉が気になって訊ねたが、招星の曇りきった表情を見て、言い知れぬ不安が胸中に広がっていくのがわかった。

「晨曦殿だよ。もはや狂乱状態だそうだ。今は寝所に閉じ込めているが、護衛に摑みかかるなどして大声で叫び続けているらしい。朱莉に会わせてくれと言ってな」

「晨曦様が……」

当然、予期すべきことだった。朱莉のことを家族同然に想っていたはずの彼女なら

そうするだろう。

「だが会わせられん。……黄家の娘を、死体に近づけさせるわけにはいかん」

徐々に声を絞りつつ、招星は苦悩の言葉をその場に落とした。

沙夜はすぐにその意味を悟る。晨曦に朱莉の死体を見せてやれない理由は一つしかない。僵尸として蘇らせてしまう可能性があるからだ。

招星としては難しいところだろう。宰相の立場からも判断に迷っているに違いない。朱莉を蘇らせて事情を訊ねれば、きっとすぐにでも犯人は判明する。事件の真相も明らかになるに違いない。

だがそれがわかっていても、その手段を選ぶことには高い危険性が伴う。何故なら晨曦は、綺進の件の詫びの印として送られてきた人間だからだ。

一般的には邪法と認識されている赶尸術を使い、事件を解決させたとあれば、綜が被害者であるという立場が揺らいでしまう。だから慎重に事態を見極めねばならない。

そのために招星は、緑峰も晨曦も部屋に閉じ込めたのだ。

であれば沙夜だって何も言えない。国家の行く末に関わるような判断に、自分が何

か口を出す資格もないと思っている。

「……ふむ。まったく難儀なことだな」

ぽつりと漏らしたハクの言葉に内心で同意しつつ、もう一度物言わぬ死体となった朱莉に視線を投げかける。

顔だけ見れば傷はなく、安らかに眼を閉じた表情は穏やかだ。けれど僵尸となってでも蘇りたいかと彼女に訊ねれば、きっと即答気味に「はい」と答えるに違いない。

異国の地に晨曦を一人置き去りにし、この世を去ってしまうのはさぞや無念だろう。どうしてもそう考えてしまう。

犯人を許せないという想いよりも何よりも強く、彼女達が憐れで憐れで仕方がなくて、冥福を祈る気分になどとてもなれなかった。

その痛ましい事件から五日が経過したが、犯人が捕まったという話はついぞ聞こえてはこなかった。

あれから何か進展があったかどうかもわからない。呼び出して捜査に協力させたのだから進捗くらいは教えて欲しいと思うが、あちらにも事情があるのだろう。

そんな暗澹とした気分を抱えながら、日課としている白澤図の読み込みをしていると、珍しく書斎に立ち寄った笙鈴が神妙な顔つきでこう切り出してきた。

「……桂花宮の様子を覗いてきたんだけどさ。何か変な噂が流れてるらしいよ。常に手鏡を持ち歩けとか、吸血鬼に気をつけろとか」

「なにそれ……。本当に変な噂だね」

時刻は昼下がり。屋外では強烈な日差しが地面に照りつけているらしく、煮え立つような蟬(せみ)の鳴き声が響いてきていた。

「晨曦様の寝所の周りには、絶えず十人以上の見張りがいるらしくってさ」

掌を団扇(うちわ)代わりにしながら彼女は続ける。

「朱莉さんの件もあって、当初は同情的な目もあったらしいんだけど……あんまりにもしつこく晨曦様が『死体を見せて』って懇願するものだから、そのうち別の意味に捉える人も出てきたみたい。彼女は吸血鬼で、僵尸を生み出せる存在なんだって」

「…………え」

心がざわつくのがわかった。というのも笙鈴に伝えていたのは晨曦の病気についてだけだからだ。

彼女が綺進を僵尸にした張本人であることや、赶尸術についてなどはもちろん話していない。なのにその噂は、やや的確過ぎる気がした。

「吸血鬼は大陽の光が弱点なんだって。だから手鏡で光を当てれば撃退できるって話になって、それを晨曦様に試す宮女もいるらしくて」

「ちょっと……」

酷い話だ。光線過敏症の彼女にそんなことをしたら、どうなるかなんて自明である。

「やめさせられないの？　それ」

「あたしが？　無理に決まってるでしょ。そもそも僵尸と聞いて色めきたってる人もいるんだよ。綺進様が僵尸だったって噂もあったじゃない？　だけどあの方、一部の宮女に凄く人気があったからさ――」

笙鈴の弁をまとめるとこうだ。沙夜は知らなかったが、綺進は一部に熱狂的な信奉者を生み出していたらしい。

その彼が皇帝に叛意を抱き、皇位継承の儀において反逆者として処刑されたという話は広く知られている。しかもその際、首をはねられた彼からは血が一滴も流れ出なかった。そのことから何者かに僵尸にされ、操られていたという噂が流れているのだ。

はっきり言えば事実に即しているので、それについては仕方がない。だが晨曦の件をそこに繋げるのは不自然だ。こじつけに感じる。

つまり何者かの作為があるのだ。きっとその噂を流した者は、かなり事情に精通した人物に違いない。直感的にそう思った。

「……ねえ笙鈴。その噂の出所、突き止められないかな」

「どっちの噂よ。綺進様のこと？　それとも吸血鬼？」

「多分、流出元は同じだと思う。でも、どちらかと言えば吸血鬼の方かな」

「難しいと思うけど……。あんたがどうしてもって言うなら、やってはみるけどさ」

「お願い。この通り。いつか何かで借りは返すから」

手を合わせて拝み倒すと、笙鈴は「しょうがないなぁ」と言って請け負ってくれた。

やはり持つべき者は友達だ。何事にも要領のいい彼女なら、きっと有益な情報を持ち帰ってくれるに違いない。

これで一歩、前進できるかもしれない。そう思ったところで、とたとたという軽い足音が沙夜の鼓膜を震わせた。

「沙小姐、お客さんだよ」

半開きになった書斎の戸から半身を出し、呼びかけてきたのは春鈴だ。

「秘書監の周亥様。お城まで同行して欲しいんだって」

「わかった。ありがとう」

来たな、と思いながら沙夜は席を立った。

恐らく何か、事件のことで話があるのだろう。調査を頼んだばかりの筐鈴には悪いが、これで事態は大きく動き出すかもしれない。

「あ、白澤様は連れてこなくてもいいって言ってたよ」

「……？　ああ、そうなんだ」

別に連れて行く気はなかったが、わざわざ春鈴に伝えたという事実が引っ掛かった。ハクを連れずに単身で来い、という意味だとすれば、不穏な用件かもしれない。

だが相手は高級官僚だ。どのみち下級宮女の身分では断れない。なら行ってみるしかないな、と気持ちを切り替えて一歩を踏み出そうとすると、

「気をつけなさいよ」と筐鈴が声をかけてきた。「あんた、自覚はないかもしれないけど、結構人の悪意に鈍感なんだからさ。危ないと思ったら逃げなさいよ」

「……うん、そうする。じゃあ行ってくるね」

心配してくれる彼女の気持ちをありがたく感じつつも、変な伏線を張らないでくれと思った。その通りになったらどうしてくれるのだ。

渡り廊下を歩く途中、不安にかられて足取りが鈍ったが、今さら振り返って逃げ出すわけにもいかない。宮仕えの身の哀しいところである。

果たして、迎えに来たという周亥の表情は、見るも険しいものだった。

さらに道中、彼は一言も発しなかった。そのせいでやたらと重い空気を引き連れたまま、以前と同じく門を抜けて皇城へと向かった。まるで犯罪者の護送のように。

だが進むにつれ、その比喩が正鵠を射たものであると沙夜は知ることになる。

緻密な格子細工の施された長い廊下を抜け、階段を下りて皇城の外周を歩き、連れてこられたのは砦とでも形容すべき場所だった。

「――入れ」

有無を言わせない口調と迫力。逆らえばどうなるかわからない。だから大人しく言う通りにしたが、通された小さな部屋は独房としか思えなかった。

「あの、どうしてここへ連れてこられたのか、お伺いしても？」

「宰相閣下のご命令でな。おまえを決して晨曦殿に会わせるなと言われた。そのためにはここに入って貰うのが手っ取り早い」

「いえ、あの、困ります」

見るからに居心地の悪そうな造りの部屋だ。床は石畳だが表面がごつごつしていて均されてはいない。木製の寝台と用を足すための場所も使い勝手がいいとは思えない。

重厚な鉄扉と鉄格子の他には天井近くに小さな窓が一つ開いているだけで、他には何もない。半地下なので日中は涼しいだろうが、何の罪科もないのにここで過ごせと言われても簡単には承服できなかった。

「もしかして、わたしは犯人だと疑われているのでしょうか」

だとしたら業腹だ。沙夜は声を上げて訴える。

「それはありえません。朱莉さんと最後に会ったときには、皇太后様と一緒でした。そのあとすぐに皇城を出ましたから、わたしに犯行は不可能で――」

「おまえが犯人だとは考えていない」

ぴしゃりと周亥は言った。

「だがオレは、朱莉殿を殺したのは妖異だと考えている。そしておまえが指示を出したという可能性を捨てていない」

そんな、と沙夜は呟く。それはさすがに暴論ではないか？

可能性を否定する根拠はないが、それを言い出せば何でもありえるではないか。

「遺体の状態は、酷いものだった」と彼は続けた。「しかし、あれだけ派手にやらかしておきながら、発覚を恐れて事を急いだ様子もない。壁一枚隔てた場所には多数の人間がいたというのにだ。そんなもの妖異の仕業としか考えられん」

「妖異の犯行だから、どれだけ不自然でも納得すると？　そんな理屈、ほぼ思考放棄に等しいではありませんか」

「うるさい。黙れ」

がん、と握り締めた拳が鉄格子に打ち付けられた。沙夜はびくりとする。

「おまえは知らないだろうが、オレはな……いずれ彼女の下賜を願い出るつもりだったんだ。緑峰様にもそう伝えていた」

「……………えっ？」

予想だにしないその告白に、ただ驚愕の声を漏らすしかなかった。

言われてみれば、緑峰が晨曦の元を訪れるときの付き人は常に周亥だった。朱莉が百足に噛まれたときも、彼は平常心を失っていたようだ。でも二人がそんな関係だったなんて、全く気付かなかった……。

「彼女の遺体を最初に発見したのはオレだ。そのときの気持ちがわかるか？」

そう言った彼の表情は、見るも凄惨なものに変わっていた。

「正直に言えば、誰彼構わず八つ当たりしたい気分なんだよ。だから煩わせるな」

「で、ですが……」

「話は終わりだ。しばらく大人しくしておけ。宰相閣下が言うには、それだけで犯人は明らかになり、事件は終息するそうだ」

彼はそれだけ言って踵を返し、薄暗い廊下を一人で戻っていく。

冗談ではない。こんな場所に長居したくない。大声で騒いでやろうかとも思ったが、ちょっと考えて自重した。

去り際に少しだけ覗かせた、彼の哀愁に満ちた背中が脳裏を離れない。

朱莉の死を沙夜以上に哀しんでいるだろう相手に対して、その心をさらにかき乱すような真似はしたくなかった。

「……でも、いきなり牢獄はないと思う」

溜息をつきながら壁際に置かれた寝台に腰を下ろした。やはり硬い。毛布か毛皮が欲しいところだが、要望を出せば持ってきて貰えるだろうか。……というか食事は出るのだろうか。飲み水は？

「説明が足りなさ過ぎますよ、ほんと……」

一体ここでいつまで過ごさなければいけないのか。その期間についてもそういえば聞いていない。それに気付くとどんどん気分が暗澹としてきた。

「……あの、誰かいませんか？」

しばらく悩んだ末に、駄目元で呼びかけてみることにした。もしかしたら看守が見えない場所にいて、答えてくれるかもしれない。

「あのう、どなたかおられませんか？」

「──無駄ですよ。ここに看守はいません」

冷たい石壁の向こう側だった。つまりすぐ隣と、そんな声が聞こえてきた方向は、の房に誰かが収監されているのだ。

「門衛はいますが、どれだけ叫んでも聞こえやしませんよ。諦めが肝心ですね」

「そうなんですか。答えていただいてありがとうございます」

相手は誰だかわからないが、こんな場所に閉じ込められているくらいだ。きっと真っ当な人間ではないだろう。それでも、わざわざ唯一の話し相手と喧嘩しても仕方がない。だから丁寧な対応を心掛けたのだが……。

「それにしてもこんな場所で再会するだなんて、運命の神も侮れませんね。なかなか粋な真似をするものです」

石壁に反響してやや変質しているが、その声に聞き覚えがある気がした。

「ええと、あの、もしかしてどこかでお会いしたこと、あります？」

「はは、つれないですねぇ。もう私のことを忘れたのですか？　沙夜」

「………っ⁉」

名前を呼ばれてようやく気付いた。その特徴的な喋り方は深く脳髄に刻まれている。

思えば綜の都に来て、最初に名前を呼ばれたのも彼だった。だから忘れたくとも忘れられない。それに後宮に入ることになった理由も彼である。ならこんな場所に閉じ込められたのだって全部彼のせいではないか。

「……綺進、様」

「はい。そうですよ」彼は何やら嬉しそうに答えた。「お久しぶりです。元気にしていましたか？」

「……ええ、おかげさまで。一つお訊きしたいのですが、どうしてまだこの世に残っておられるのですか？」

我知らず、声が刺々しくなっていくのがわかる。天狐の手により現世から別れを告げたはずの彼が、何故こんな場所にいるのだ。

「いや、私もさすがに終わったと思いましたよ。あの白面金毛に首をはね飛ばされたときにはね。でもすぐに首を繋いでもらって、一命を取り留めたのです。いえ、もう死んでるんですけどね、ハハハ」

「軽口は結構です。話しかけてすみませんでした。黙って貰えますか？」

僵尸となって何者かに操られた綺進が、燕晴の暗殺計画に関わっていたことは知っている。それが彼自身の意思でないにせよ、沙夜には許す理由がない。

「まあそう邪険にしないで下さいよ。それより先程、面白そうな話をしておられましたね？　ずっとここに閉じ込められて世事に疎いもので、何があったのか教えて貰えませんか？」

綺進には気にした様子もない。呆れる程に以前のままだ。しかしそんな態度も鼻につく。

「何も話すことなどありません。綺進様には関わりのないことですので」

「そう言わずに、頼みますよ。暇で暇でしょうがなくてね……。話してくれるなら、代わりに私の知りうる全ての情報を開示しましょう。取引としてはお得だと思いますがねぇ？」

「結構ですっ！」

一体どういう神経をしているのか。己の所業を忘れて軽々しく口を開く相手には、何も話すことはない。まさか招星はこれを狙っていたのではあるまいな。だとしても思惑通りになどなってやるものか。

「お構いなく。わたしはすぐに外へ出して貰える予定ですので。綺進様と違って」

「おやおや。あなたらしくもない。希望的観測はやめた方がいいですよ？」

何やら含みのある口振りで綺進は言った。どういう意味だ。

でも言葉遊びに付き合えば、その分彼を楽しませてしまうだけだ。そう考えた沙夜は、そこから完全に口を噤むことにした。

その後、「ねえ」とか「相手にして下さいよ」とか「冷たくありません？」とか聞こえてきたが、全てを無視している間に静かになった。きっとそのうち周亥も冷静になって牢から出してくれるに違いない。そうしたらもう二度と綺進と話すこともないだろう。せいせいする、なんて考えていた。

だがそんな期待に反して、この最低な隣人との壁一枚を隔てた共同生活は、思いがけず長く続くことになるのである。

投獄されてから丸一日半が経過した。その間、周亥は一度も様子を見に来ず、衛兵の一人すら房の前を通りかからなかった。

「──随分と、暇そうな顔」

そこへ鈴を転がすような美しい声が響いた。咄嗟に反応して振り向くと、天井付近にある覗き窓から誰かが見下ろしていた。

あちらから見れば、あの窓は地面すれすれに設置されているのだろう。しゃがみ込んで顔を斜めにして、涼しげな碧眼を向けてくるのは金髪の少女、天狐だ。

「そりゃ暇でしたよ。どうしてこんなときだけ呼んでも来てくれないんですか」

唇を尖らせて言うと、ぽとりと窓から何かが落ちてきた。

床に落ちる寸前に慌てて摑みとると、布巾に包まれた温かくて柔らかい感触が手に伝わってくる。もしかして、と目を輝かせながら包みを開けると、

「やっぱり包子だ！　ああ笙鈴、愛してるっ！」

感激に打ち震えつつ思いきり頬張り、咀嚼(そしゃく)していく。

ああ、何て美味しいのだろう……。丸一日以上、飲まず食わずでいただけに、その滋味が体の隅々まで満たしていくようだ。もうこのまま死んでもいいとさえ思う。

「はい、水筒も」

と続けて竹でできた筒が降ってくる。夜闇の中で見えづらいが、難なくそれも落下中に捕まえることができた。

栓を抜き、ごくりと喉を鳴らすと、言い知れぬ多幸感に包まれていく。

「……生き返りました。ありがとうございます」

「大袈裟な。あなたはもう精気を操れるのだから、一日や二日の断食ではどうにもならないはず。霞(かすみ)を食べなさい、霞を」

「修行中の身に無茶言わないで下さい。ところで晨曦様はどうされてます？　犯人は

捕まりましたか？」

「何も進展はない。不気味な程に静か。どこもかしこも」

「そうですか」

招星がここに沙夜を閉じ込めた理由は、事件を引き起こした者が次の行動に出やすくするためだと理解している。だから待てばいいとの話だったが、一体いつまでなのだろうか。硬い木の寝台で眠るのも限界なのだが。関節が痛くて仕方がない。

「でもあなたにも、犯人の目星くらい、ついているのでしょう？」

青緑に輝く大粒の瞳が、じっとこちらを見下ろしていた。沙夜を試しているような目だ。

「……はい。一応は。証拠はないですけど」

「ならいい。多分当たってる。そのうち動くだろうから待ってて。……あと、これは師父からの課題」

そう言って天狐は再び、鉄格子の隙間から何かを差し入れてきた。

不意を突かれたので床に落ちてしまったが、拾い上げてみると、中身は短冊状に切り揃えられた羊皮紙の束のようだった。

「筆と墨も、落とすよ？」

「はい。受け取りましたけど、これ何です？」

「張天師（ちょうてんし）という白澤の弟子が作った呪符用の札。一枚見本が入ってるから、それと同じ文字を他の札にも書き写して。僵尸相手には効果覿面」

「……まさか、これ全部ですか？」

紙の束はかなりの厚みである。恐らく百枚はあるだろう。書き写せばいいだけとはいえ、作業量としては相当なものになりそうだが……。

「どうせ暇なんだから、文句言わない」

と天狐は立ち上がる。もう沙夜の視点からは彼女の足しか見えなくなった。

「出来上がった頃に迎えをよこす。そしたら戻ってきて。……多分、すぐ決戦になると思うけど」

「決戦って、ちょっ――」

呼び止めようとしたときには既に、彼女の姿はかき消えていた。影一つ残さず。

「……どうしてわたしの周りの人たちは、みんな話を最後まで聞いてくれないのか」

嘆息する沙夜だったが、押しつけられた仕事は疎（おろそ）かにしていいものではないらしい。

きっと晨曦を救うために必要なことなのだろう。

一度肩を回して凝り固まった関節をほぐすと、石畳に再びしゃがみ込み、窓から降り注ぐ微かな月光を頼りに筆をとった。

そのまま一睡もせず朝まで過ごし、数十枚の呪符を完成させたところで隣の房から声がした。

「その僵尸用の札、一枚くれませんか？」

「……何に使うんですか」どうやら昨夜の天狐との会話も聞いていたらしい。「一発で昇天しちゃうかもしれませんよ？　効果覿面らしいですから」

「それは望むところですよ。私だっていつまでもこのままでいいとは思っていません。願わくばずっと緑峰様のお側で、お仕えしたかったのですが」

「本心ですか、それは」

もちろんです、と綺進は答える。その声はいつになく穏やかなもので、茶化したりしてはいけないもののように感じた。

「沙夜、一つ確認なのですが、昨夜犯人がどうのと言ってましたね？　もしや晨曦殿の身に何かあったのですか？　例えば彼女の身内が害されたとか」

鋭い。さすがに若くして中書侍郎まで上り詰めた人物だけのことはある。あれだけの短い言葉のやりとりで、大体の事情を察してしまったらしい。

不必要に多くの情報を与える気はないが、ちょうど沙夜の方にも綺進に訊ねてみたいことができた。少し話してみることにする。

「正解です。晨曦様の侍女が殺されました。犯人はまだ捕まっていません」

「ふむ……。それって被害者は、不思議な殺され方をしていませんでしたか？　針のようなもので刺されたり、血をかけられたり」

「…………」

思わず絶句した。どこまで勘がいいのだこの人は。

いや違うのか。彼自身が僵尸だからこそ、その考えに辿り着いたのか。

「当たっています。被害者は針のようなもので刺されていて、衣服には本人のものでも犯人のものでもない血液が付着していました」

「つまり、犯人はその被害者を、僵尸だと思っていたわけですね」

「そうなります」

沙夜の考えとも合っていたので、すぐに肯定した。

そう。実は朱莉の殺害に用いられた方法は、僵尸が苦手とするものばかりなのだ。

伝承によれば、僵尸は不死身だが針や釘、錐のようなもので刺されると弱い。また、魔除けに使われる黒犬の血を浴びせると動きを封じることができるらしい。

ようするに、朱莉を僵尸だと思い込んでいた人間が犯人なのである。

「誤解した理由も、わからなくはないですね」と綺進。「赶尸術や僵尸の存在を嫌悪する風潮はどこにでもあります。燎では特に顕著で、黄家はずっと昔から迫害を受けていたそうですから」

「でも名家でもあるんですよね？　晨曦様はお姫様だっていう話でしたから」

「その辺りは複雑なんですよ。燎は多民族国家でして、有力豪族の合議制で政治を執り行っているんです。その中でも農耕民族と遊牧民族が対立していて、農耕民族の方が徹底して黄家を排斥しようと動いていました。まあ彼らにしてみれば、干魃をもたらすという魃の子孫は、縁起が悪いなんて程度ではありませんから」

黄家に与えられた領地のほとんどは砂漠が占めており、領民もごくわずかだそうだ。当然ながら商売にできるような産業もなく、時折持ち込まれる赶尸術の依頼によってかろうじて家を存続させている状態だったらしい。不憫な……。

「燎での黄家の扱いを知っている者ならば、全く疑わなかったでしょう。僵尸だから当主に逆らえない、だから従っているのだとね。まさか純粋な忠誠心だけで綜国までついてくるような従者がいるとは思っていなかったはずです」

「でしたら、きっと単独犯ではないのでしょうね。燎の息のかかった人達がたくさん入り込んでいるのでしょう。だからあれだけ大胆に、犯行に及べたのですね」

「推理が進んだようで何よりです。お役に立てて私も嬉しいですよ」

綺進はころころと楽しげな笑い声を響かせる。意外と彼も話し相手がおらず、寂しい想いをしていたのかもしれない。

「……ただそうなると当然、晨曦殿の規格外の力も知っているのでしょうね」

「晨曦様の力、ですか？」

彼がぽつりと口にした言葉に、無性に興味をかきたてられた。「力とは何です」と訊ねると、すぐに答えは返ってくる。

「先祖返り、という現象がありましてね。普通は代を重ねていけば血は薄くなるものですが、あの方は魃の再来と言われる程の才覚を備えています。黄家の歴代当主の中でも群を抜いていて、同時に使役できる僵尸の数は、千に届くと言われています」

「千……？」

沙夜は手元に視線を落とす。そこには書きかけの呪符があるのだが、完成したとして総数は百枚。もし何かの間違いで晨曦と敵対することになったら、恐らく足りない。

「犯人が燎の命で動いているとして……」

そんなこちらの懸念も知らず、綺進は上機嫌で話を続ける。

「目的は明白でしょう。晨曦殿を追い詰めて、力を使わざるを得ない状況に持ち込もうとしているのです。彼女の身内を害し、その死体を引き離して都のどこかに隠してしまう。そのうえで晨曦殿を拘束すれば、彼女はどうすると思います？」

「待って下さい。その力というのは、かなりの距離が離れていても作用するものなのですか」

「だから規格外と言っているのですよ。晨曦殿がその気になれば、一気に都中の屍者を蘇らせることすら可能だと思われます。下手をすれば、一夜にしてこの綜は屍者の帝国になりますよ」

「なっ……!?」

さすがにそこまでとは予想していなかった。天狐が言っていた決戦とは、その事態を想定した言葉だったのか。

であれば招星が沙夜をここに閉じ込めたのは……。

「あなたと緑峰様を隔離して、晨曦殿の心の拠り所を奪ったのでしょうね。そうして犯人が目的を遂げやすい環境を作ったのです。燎は建前上、晨曦殿を詫びの印だと言って送ってきたそうですが、その実、遅効性の猛毒のようなものだった。あとは限界まで彼女を追い詰め、屍者の軍勢によって都を占拠させると同時に、本国からも軍を送り込むつもりなのでしょう。今頃は国境線に兵を集中させている頃でしょうね」

「招星様はどうしてわざわざ、燎の計画に手を貸すようなことを？」

その理由について、薄々そうだろうとは思いつつも、沙夜は綺進に訊ねた。

すると一拍の溜めを置いて、彼は決定的な一言を放つ。

「わかりきったことです。戦争がしたいのですよ、宰相閣下は——」

体が熱い。喉もからからだ。汗で全身べっとりとしていて、気持ちが悪い。

もう何日湯浴みをしていないのだろうか。こんな無精、朱莉に見つかったら何て言われることだろうか。

けれど彼女はもういない。晨曦を一人置き去りにして、死んでしまった。そのことを思い出すだけで目頭が灼（や）ける。鼻の奥がつんとして視界が滲んでいく。どうしてだ。

何故こんな仕打ちを受けねばならないのだ。黄家が一体何をしたというのだ……。

「………くうん」

たまらず嗚咽を漏らすと、隣で寝ていた狐がそれに気付き、晨曦の顔に頬ずりをしてきた。涙を拭うように。

床に伏せて泣いていたって何の解決にもならない。そんなことはわかっているのだが、他にできることはなかった。昼夜を問わず、晨曦の寝所には護衛という名の監視がついている。宦官ばかり十人以上だ。犬一匹逃げ出す隙間もない。

そしてその目的もわかっている。単に行動を見張るだけならこんな人数は必要ないはずだ。彼らは全員、燎の息のかかった者達なのだろう。そして晨曦が赶尸術を使うときを待っているのだ。この都のどこかに安置されているだろう、朱莉の死体を蘇らせるために。

ただし彼らは知らない。僵尸という存在は、生きている人間とは別物なのだ。それはあらゆる意味でそうなのだ。

生者を生者たらしめているのは〝魂魄〟である。魂とは肉体に宿る精気であって、意志はこの中に内包されている。対して魄は肉体に刻まれた記憶であり、死した後もそのまま残るものだ。体が滅びれば魂は天へと還り、魄は肉とともに朽ちて地に還る。それが理なのだ。

赶尸術とは、術師の魂の一部を分け与え、肉体に残った魄と融合し、生ける屍と化す技法のことである。つまり僵尸となって蘇った者は、生前とは別の存在だ。

記憶があって、会話ができて、触れ合うことができたって……それでもやはり違うのだ。朱莉を完全に蘇らせることは神様にだってできない。彼女は既に、永遠に失われてしまった。それが哀しくて仕方がない。

全ては晨曦のせいだ。危険だと、命を狙われているとわかっていながら、一時でも朱莉を一人にしてしまった。だから取り返しのつかない事態になった。

「そう……。もう取り戻せない」

術を使って朱莉を僵尸にすることはできる。だけどそれに意味があるのだろうか。傷ついた晨曦の心は多少癒やされるかもしれない。朱莉を殺した犯人はわかるかもしれない。でもそれだけだ。

事件が起きてしばらくは、冷静ではなかった。あのときならば迷わず術を使っただろう。けれど今は違う。あいつらの思い通りになどなってやるものかと考えている。これ以上、利用されてなどやるものかと。

「――――ウゥ」

寝台の隣に寝そべっていた狲が、突然体を起こした。

さらに寝所の戸に向けて、敵意を剝き出し（むきだ）しにした唸り声を上げる。一体あの向こう側から何が近付いてきているのだろうか。

注目していると、

「……失礼しますよ」

嗄れた声とともに戸を開け、部屋に入ってきたのは宦官医師の良順だった。

「お加減はどうですか、晨曦様。お薬を持って参りました」

「必要ありませんわ、先生」

咄嗟にそう答えた晨曦だったが、一拍置いて気が付く。

見張り達が通したからには、良順も一味だということだ。となると……。

「……そう。そういうことでしたのね」

疑念が確信に変わる。こいつだ。こいつがやったのだ。好々爺然としたその佇まいも、目尻に浮かんだたくさんの笑い皺も、見ようによっては酷く邪悪なものに映る。

「あなただったのですわね。朱莉を殺したのは」

「はて、何のことでしょう」

「今さらとぼけるつもりですの？　あなたがわたくし達に嫌悪の目を向けていることには気付いていました。他に理由が必要ですか？」

「……ほう。それはそれは。意外と見るべきところを見ておられたのですな。いや、失敬失敬。すっかり侮っておりました」

ぽんと自分の額を叩き、良順は辺りに陽気な笑い声を響かせる。しかしそんな道化のような仕草をしながらも、細い目の内側から油断のない眼光を飛ばしてくる。

「……いや、もっと早く評価を改めるべきでした。屍人を操るしか能がないと思っておりましたので、あの侍女が僵尸でないとわかったときにはさすがに笑いましたよ。黄家の人間に本心から従う馬鹿がいるとは……」

「笑った、ですって？」

怒りに我を忘れないよう、奥歯を噛みしめるとぎりりと音が鳴った。

「朱莉のことを、笑ったと言いましたの？　何の咎もないあの子を殺しておいて」

「咎ならありましょう。私に言わせれば、黄家に与(くみ)した時点で許されざる罪なのですよ。これでも医者ですのでね、生命を冒瀆(ぼうとく)するような真似は看過できませぬ」

「人殺しは、いいのですか」

「良くはありませんが、仕方のないこともあります。僵尸を生み出す者をこの世から消す方が、余程意義のある行いですので」

もはや彼は敵意を隠しもしない。それを正面から受けた狐は腰を跳ね上げ、尾を箒(ほうき)のように膨らませながら威嚇を放つ。

だが良順には臆した様子もない。それどころか深衣の懐から、金属製の太い針を取り出して逆手に構えた。

「さてさて。姫との語らいをもっと楽しみたいところですが、もう時間がありません。燎から早くしろとせっつかれておりますので」

「わたくしを殺すつもりですか？　朱莉と同じように」

「いいえ、それでは駄目です。面白くない。あなたには処刑台がお似合いですよ。だからそこの犬を渡して貰えますか？」

「なっ」

彼の意図に気付いた晨曦は、狁が不用意に飛び出さないよう強く抱きしめた。

「……地獄に、落ちますよ」

「別に構いませんとも。私は手を汚し過ぎましたのでね、死後のことにまで贅沢を申すつもりはありません。あなた方のような穢れた存在と同じ場所でなければどこでもいいのです」

「近寄らないで！」

「この針は痛いですよ。その犬を守りながら、何回刺されるまで耐えられますかな」

醜悪極まる笑みを浮かべた良順に、本能的な恐怖からか体が震え、ほんの少しだけ腰が引けてしまい……。

腕に込めた力もわずかに緩んだのだろう。その瞬間に狆が飛び出した。

彼は顎を大きく開き、一直線に良順の喉笛に向かう。だが――

「所詮は畜生」

寝所の戸を全開にし、老人の後ろから飛び出してきたいくつもの影が、手に手に持った鈍色の凶器を、空中で避けることもできない狆の体に突き刺していく。

影の正体は、見張りについていた黒衣の宦官達。やはり全員が燎の手の者だったのだ。晨曦達は最初から彼らに囲まれ、逃げ道を塞がれていたのである。

「あっ……。狆っ！」

名前を呼ぶが、届かない。複数の剣先に貫かれた狆は、そのまま床に引き落とされると、さらに上から何度も斬りつけられ、突き刺され、串刺しにされた。

辺りに血が飛び散り、その度に「きゅうん」と苦悶の鳴き声が響く。

「はは、さすがにこやつは僵尸でしたか」

良順は自らも針を突き立てながら、恍惚として皺深い顔を上気させる。

「素晴らしい。なかなか動くのを止めませんな。どれ、どこまで耐えられるか実験してみましょう。目をくり抜き、鼻を削ぎ、臓物を引きずり出してもまだ生きていられるか……。いや、既に死んでいるのでしたな。これは失敬」

一体何がそんなに楽しいのか、わからない。加虐によって愉悦を感じる心の有り様など、まったく理解できない。穢らわしいのはどちらだ。

犰……！　犰————っ！

声にならない悲鳴が、開きっぱなしになった口からひゅーひゅーと漏れる。

いや、違うのか。もしかしたらとっくに声に出ていたのかもしれない。そんなことすらわからなくなる程、一瞬のうちに正気を失ったのかもしれない。

憤怒のあまり眼球が充血したのか、視界がどんどん朱に染まっていく。憎悪が胸の中で際限なく膨らみ、心臓を内側から破裂させようとしていた。

そして感情の昂ぶりがある一点を超えたとき、唐突に晨曦は思った。どうして自分は今、我慢などしているのだろうと。誰のために？　何のために？　答えなどもはやどこにもなかった。

抑制を失った心はぱぁんと音を立てて弾け、彼女はついに意識を手放した。

「——良順が犯人、ですか？」

窓から落ちる月光を浴びながら、沙夜は己の推理を綺進に披露していた。

というのも、呪符の作成を終わらせたその達成感から、夜半にも拘わらず眠気が吹き飛んでしまったのだ。だから高揚した気分に任せて思考を開示したのだが、良順の名前を口にした途端、綺進は何やら考え込んでしまった。

「なくはない……か。いや充分ありえる話です。ちなみに何がきっかけで良順を疑うようになったのですか？」

「些細なことですけど」と沙夜は答える。「殺された晨曦様の侍女が、蛇に噛まれたと療養所に担ぎ込まれてきたことがあったんです。あのとき――」

後に良順の読んでいた医術書を確認したところ、蛇に噛まれたときの対処法についてはこう記されていた。

一つ。関節部を結束し、患部を心臓の位置より下にして、毒が全体に回らないようにすること。

一つ。患部をよく冷えた水で冷却し、痛みを緩和すること。

一つ、患部に口をつけて毒を吸い出し、外部に排出すること。

「でも良順先生は、その三つ目については行わず、周亥様がすることも禁じました。確かに口の中に傷などがあれば危険ですし、医者としてそういう方針で治療をしているのだろうと一時は納得しましたが……」

それをきっかけとして彼に対する印象が少しずつ変化していった。薬として登録されたものしか処方できないと言った頑固さ。楊梅瘡患者に処方していた水銀の丸薬。光線過敏症に悩んでいた晨曦への態度――川まで水を汲みに行けと言ったりだとか。それらの要素が積み重なっていって、彼を疑わない理由がなくなったのだ。

「だから、思ったんです。良順先生があのとき毒を吸い出さなかった理由は、相手を僵尸だと誤解していたからではないかと。僵尸に噛まれたり、その体液を体内に取り入れたりすると自身も僵尸になってしまうという説がある。だからではないかと」

「確かに……」

同意する声が壁の向こうから聞こえてくる。合わせてこつこつと足音のようなものも聞こえた。房内を歩き回りながら頭の中を整理しているようだ。

「実は……先々帝が呪いによって子を成す能力が失われたときに、それを医者として指摘したのが良順なのです。後になってみれば実際その通りだったわけですが、当時は不敬として糾弾され、結果として宮刑に処されたそうです」

宮刑とは、男性の象徴を切り落とされる刑罰の名前である。

なるほど、そのせいで良順は宦官になったのか……。

「燕帝の御世になってから名誉回復がはかられ、良順の身分は元に戻りましたが……。恨みは消えなかったのかもしれませんね。だからずっと、報復する機会を窺っていたのかもしれません」

「何十年も……ですか」

すると、ええ、と綺進は答えた。きっと事実なのだろう。僵尸になる前は宦官長に次ぐ第二位の地位にあった彼が言うのだ。

「良順先生の目的が国家への復讐だとしたら……このまま大人しくしているだなんてこと、ありませんよね」

「確実に動くでしょう。己の身がどうなろうと、目的を完遂するはずです。そういう男だと私は思います」

事情を知ってしまうと、良順にも同情すべき点はあった。だからといって、本当に彼が犯人だとしたらとても許せないが……。

と、そんなことを考えていたとき、綺進の他にも足音が聞こえることに気付いた。どこか遠くから近付いてくるようだ。しかも複数人のものである。

さらに鉄扉が軋む甲高い音も聞こえ、提灯のものと思われる明かりが壁面を赤く染め上げていく。

「――沙夜。いるか？」

穏やかで実直な人柄を感じさせる声だ。それだけでわかった。来訪者は緑峰だ。

「助けに来るのが遅れた。すまない」

「いえ……！　ありがとうございます！」

ようやく解放される……。それが単純に嬉しかった。硬い木の寝台で眠るのも慣れてきたとはいえ、起き抜けに襲われる関節の痛みだけは如何(いかん)ともしようがない。

「何かあったのですね、緑峰様」

と言ったのは綺進だ。やや緊張感を滲ませたその口調からして、聞かずとも確信している様子である。

何故なら、緑峰もまた自室に閉じ込められていたはずだからだ。それが表に出てきているということは、相応の何かがあったか、事件が解決されたかだ。

ただし、招星の目的を知った今となっては、こんな短時間で全てが丸く収まるわけがないこともわかる。ならやはり……。

「悪いが時間がない。今すぐ桂花宮に向かわねばならん。道中で説明するからついて来てくれ。……周亥、牢を開けろ」

「綺進の方はどうされますか？」

「そっちもだ。今は人手が多い方がいい」

わかりました、と周亥は答える。その声色は以前と同じものではなく、冷静さを取り戻しているようだ。

彼は慣れた手つきで二つの房を次々に開け、重い鉄扉を一気に開いた。

ようやく外に出られる。喜びつつ沙夜が一歩前に出ると、緑峰がすかさず手を掴んできた。

「行くぞ」

有無を言わせぬ勢いで引っ張られ、そのまま階段を上がって一階へ。さらに門前へ。

そこに置かれた篝火（かがりび）の明かりで気付いたのだが、緑峰は帯剣し、革鎧（よろい）に身を包んでいるようだ。明らかな戦装束である。

「その格好は……？　どうされたのですか」

「都の各地で、屍者が蘇っているらしい。晨曦に何かあったのだろう」

彼は決して振り向かず、端的な回答を繋げながら説明していく。それが余裕のなさを表していた。

「俺を部屋から出すようかけ合ってくれたのは、紫苑殿だ。危険を顧みず自らの足で皇城までやってきて、今は衛兵の詰所で休んでいる。彼女の気持ちを裏切るわけにはいかん」

「つまり、後宮内で僵尸が大量発生していると？」

訊ねたのは早足でついてくる綺進だ。緑峰は前を見つめたままそれにも答える。

「発生源は晨曦だろうからな。必然、そうなる。紫苑殿も夜道をうごめく人影を多数見たと言っていた。……招星宰相は朝を待って対応すべきだと言うが、どうにも胸騒ぎが止まらん」

とはいえ、皇帝陛下が直々に死地に飛び込むのもどうかと思う。しかも見る限り、たった四人で赴こうとしているようだ。さすがに無謀ではないか。

「僵尸どもは、足が遅い」

そこで口を開いたのは周亥だ。

「衛兵から報告があった。蘇った屍者はみな、一つの方向に向かって歩みを進めているとな。恐らくはまず、生み出した主である晨曦殿の元へ向かおうとしているのだ。だとすれば、時間が経てば経つほど相手の戦力は膨れあがっていくだろう。そのうち晨曦殿の救出もままならなくなるかもしれん」

「だから急がねばならんのだ」と緑峰がその先を引き取った。「手遅れになる前に」

なるほど、大体の事情はわかった。

今はまだ、紫苑の足で切り抜けられる程度の数しかいない。しかし明け方になればどんな状況になっているかわからないし、本音を言えば招星が介入する前に何とかしたいのだろう。きっと一軍をもって晨曦ごと駆逐しようとするだろうから。

だから四人で行かねばならない。言外に緑峰はそう言っているのだ。

「少なくとも都では火葬が奨励されているしな」と周亥。「遺骨だけならば僵尸にはなるまい。だが田舎に行くほど土葬する地域が多い。勝負をかけるなら今だ」

「確かに」

仏教や道教が浸透している地域ほど、遺体を火葬する習慣が浸透している。これは死者が蘇って生者に害をなさぬようにするためと、防疫の観点からだ。

ただし、火葬は土葬よりも手間がかかる。燃料だってタダではないため、規模の小さな村落であればある程、土葬された死体が多いはずだ。晨曦の力の効果範囲がどの程度かはわからないが、仮にそれらが一斉に起き上がって都に向かってきているとすると……考えるだに恐ろしい。

しかもだ。燎がそれに乗じて国境線を越えようとしているなら、相当な被害の見積もりがあるということになる。あちらだって確たる勝算もないのに仕掛けたりしないだろうから。

つまり結論として、行くしかない。

賢明ぶって手をこまねいていれば、晨曦だけでなく、後宮に住むみながどうなるかわからない。ハクや天狐は大丈夫としても、笙鈴や春鈴、燕晴や曜璋のことは心配だ。もしも僵尸に襲われたりしたら……。

ならば迷うな。ここから先は、沙夜の本分。

妖異を解明し理を究明するという、白澤の弟子としての使命を果たすときだ。

皇城と後宮を隔てる門を抜ける際、一悶着があった。六名の衛兵がついてくると言って聞かなかったのだ。

「足手まといにならない自信があるのなら、ついてこい」

周亥が武芸者特有の風格を纏いながらそう告げたが、結局、志願者は全員同行することになった。まあ彼らからすれば当然か。皇帝が先陣を切るというのに黙って見送ったとなれば門衛の資質を問われる。本心がどうあれ来るしかない。

ともあれこれで十人。明かりを抱えて進路を照らしながら進むことも、後方を警戒することもできる人数だ。進行速度は多少遅くはなってしまうだろうが、用心するに越したことはない。

「――一直線に桂花宮に向かうぞ」

緑峰が改めて指示を出す。

「襲ってくる僵尸はただちに斃せ。ただし深追いはするな」

その言葉を合図に、一丸となって石畳の道を進んでいく。漆黒に彩られた街路樹の間を、少しずつ切り拓くように。

乾燥した風が音を立てて吹き抜け、頬を撫でる感触がやや不快ではあった。何より気になったのは、その通り道から異音がしていたことだ。がしゃり、がしゃりとやけに耳障りな響きが鼓膜を震わせてくる。

「……誰ですか、遺骨だけなら僵尸にならないと言った方は」

沙夜は不満を露わにそう呟く。

以前、鉄格子越しに恫喝されたときの意趣返しの意味もあった。すると非難を受けた周亥は「悪かったな」と呟きつつ前に出た。

進路を塞いでいたのは、三体の歩く骸骨だ。

どういう原理で動いているのかはわからない。ちゃんと人の形に繋がった人骨が、ボロ布を纏って歩いているのである。

埋葬される際、衣服や装飾品を棺桶に入れる風習は一般的なものだ。恐らくはそれを身につけているのだろうが……そんな知恵が残っていることに衝撃を受けた。

「責任をとって、オレがやるよ」

そう言って周亥は、鞘付きのまま長剣を構え、一歩踏み出すなり一閃。

恐らく骨だけの相手に斬撃は効果が薄いと思量したのだろうが、果たしてその通りだったようだ。木と革で作られた鞘で殴りつけられた骸骨は、たちまち木っ端微塵。

相手の戦闘力すらわからないうちに決着はついたのである。

「……脆いな。これならば警戒することもないか」

ふっ、と余裕の息を漏らしつつ戻ってくる周亥。

だがそれを見て綺進が「どうでしょうかね」と苦言を呈す。

「遺体の状態によってバラつきがありそうです。現時点で相手の戦力を判断するのは時期尚早かと」

「かもな。……だが一番警戒すべき相手はおまえなんじゃないか？」

と、周亥は鞘をつけたままの長剣の先を綺進に向ける。

「おまえだって僵尸だろう。土壇場で晨曦殿の側に付くんじゃないだろうな。一度裏切ったやつは何度でも裏切るというのが、オレの持論なんだ」

「失礼な。私はいつだって緑峰様一筋です。信用できないなら、いつでも斬りかかってきて結構ですよ？　負けるつもりはありませんから」

「ほう。完全体の僵尸がどの程度か、ここで試しておくのも一興だな」

「やめておけ、二人とも」

緑峰がようやくそこで割って入った。

「力が有り余ってるなら敵に向けろ。周亥も煽るな。綺進が敵になると判断したら俺が討つ。それで納得しておけ」

「光栄です緑峰様。――いえ皇帝陛下」

綺進は芝居がかった所作で礼を取り、恭しく頭を下げる。

「であれば、どうか陛下は私の後ろに。先鋒（せんぽう）はお任せ下さいますよう」

「わかった。それでいい。いいから先へ進むぞ」

呆れたように言って前進を続けるよう緑峰は促す。

その際に一瞬、沙夜と視線が合った。目は口ほどに物を言うというが、『人の上に立つのも大変だろう？』と語りかけられているような気さえした。

若くして皇帝の重圧に耐える彼には、想像だにできぬ苦労があるのだろう。沙夜が思うよりもはるかに苦労人なのだ。

だから今後もこういう茶番にはちゃんと付き合ってあげよう。それで士気が保てるなら安いものだ。そう思った。

桂花宮に向けて進軍を続ける一行だったが、次に現れたのは泥人形のような僵尸だった。

肉が腐り、朽ちて土になったのか、はたまた墓の下にいる間に土を肉として纏ったのかはわからない。わからないが、先程闘った骸骨よりも動きは良いようだ。

とはいえ、日々真面目に訓練をしているという衛兵達に比べれば、当然ながら弱かった。精彩にかける動作で殴りかかってきたが、刹那のうちに叩きのめされ、地面に倒れ伏して動かなくなった。

その後も数体、同じような土僵尸（つちきょうし）が現れたが、やはり一行の敵ではなかった。

問題が起きたのは少しあと。桂花宮まであと一里という地点で遭遇した、溜（た）め池（いけ）の中から現れた水死体の僵尸だった。

何より匂いが酷い。襦裙のようなものを着ていることからして、入水（じゅすい）自殺した宮女の変わり果てた姿に違いない。春先にそんな話を聞いた気がするが、全員発見されたと思っていた。でも違っていたのだ。

「――――ううあぁあ」

低温で保存されていたせいか、喉を震わせて声まで出せるようだ。こうなってくると斃すというよりも弔ってやりたい気持ちの方が強くなる。

「……あの、周亥様。これを使って下さい」

そう言って沙夜は、袖の中に隠し持っていた呪符を一枚取り出し、手渡した。

ちゃんと効果があるかどうか確かめる意味でも、一度使っておいた方がいいだろう。

「濡らせば貼り付くと思います。あの僵尸は既に濡れているので……」

「白澤様謹製の呪符というわけか？　わかった。やってみよう」

二つ返事で請け負った彼は、その大柄な体からは想像できない素早さで間合いを詰めると、先に相手に仕掛けさせ、攻撃を避けた瞬間に背後に回り込んで背中に呪符を貼り付けた。

「――――おああぁ」

まさに断末魔、という声を上げて、水僵尸はそれきり動かなくなった。なるほど、効果覿面である。

「素晴らしいですね、沙夜」何故か高揚した様子で綺進が近寄ってきた。「やっぱり後で一枚くれませんか？　それが私の体にどんな効果があるか、是非試してみたいのですよ」

「……事が終わって、まだ余っていたら差し上げます。でも、昇天しちゃっても文句言わないで下さいよ」

自分で口にしておきながら、昇天したら文句も言えないなとすぐに考える。しかし綺進にはそんなこと、どうでも良かったようだ。

「やった！　約束ですよ？」とたちまち上機嫌になり、跳ねるような足取りで前へ進んでいく。一体何がそんなに気に入ったのか……。

と、そこで。

「もうすぐ宮殿の正門が見えてくる。気を抜くなよ」

緑峰が一度気を引き締めるように言い、一行は声を揃えて「はい」と返した。

正門は何者かによって開け放たれていた。

慎重に中を覗いてみると、わらわらと僵尸がいるのがわかった。十体や二十体では済まない。正殿の前に集結して誰もがこちらに目を向けている。空洞のような双眸に妖しい光を宿し、侵入者に備えているのだ。

「……見て下さい。奴(やつ)らの足元を」

そう言って綺進が指さした方向には、僵尸ではない異物が紛れ込んでいた。

普通の、人の死体だ。

提灯の明かりを向けてみると、医者が好んで着る盤領袍だとわかる。恐らくあれは良順だろう。さらによく見れば首に嚙み跡がある。となると犼にやられたのか。

「……死体がみんな僵尸になるわけではないのだな」

周亥が呟くと、綺進が「あえてそうなされたのでしょう。晨曦様が」と答える。

なるほど。晨曦は僵尸にする相手を選別できるようだ。そして良順を選ばなかったということは、やはり彼が朱莉を殺した犯人に違いない。

「だがこれでは、正殿の奥へ入れぬぞ」

緑峰が苦々しい口調で言った。

「数が多過ぎる。良順の他にもいくつか宦官の死体が転がっているようだし……相当に手強いと思った方が良いだろう。言わば近衛といったところか」

言い得て妙である。いち早く御許に駆けつけたであろうことを踏まえても、あれは晨曦の親衛隊なのだろう。どの僵尸も状態が良い。近隣の村で最近土葬された者達であろうと推察できる。

「強行突破は愚策でしょう」と綺進。「裏手に回るべきです。どの宮殿にも通用門がありますので」

「畏れながら、わたしもそう思います」と同意しつつ指をさす。「あちらです」

後宮に入ってから最初の一ヶ月を、沙夜は桂花宮で過ごした。だから内部の構造は良く知っているし、内情もある程度は知っている。

その後、裏手の通用門を目指して外壁伝いに歩いたが、僵尸がひしめく際の特徴的な物音が聞こえてきただけで、宮女の悲鳴などは一切耳に入らなかった。恐らくは既に外部に避難しているのだろう。

そしてその際に、誰かが紫苑の耳に一報を入れたに違いない。下級宮女が住む寮が近付いても全く人の気配がしないので、その判断に間違いはないと確信できた。

ただ僵尸の方も、殿舎の中に押し入ったりはしていないようだ。今のところ彼らの目的は主である晨曦を守ることだけらしい。だから幸いにも、被害は最小限で済んでいるようだ。

ここまでに見た死体は、良順と何人かの宦官だけだ。つまり彼らは燎から送り込まれてきた間諜か何かなのだろう。とりあえずはそう信じておくことにした。

そうこう思案を巡らせているうち、一行の先頭が通用門を発見したらしい。

息を潜ませつつ、緑峰が身振り手振りで指示を伝え、音がしないよう慎重に木戸を開いていく。すると……。

「――まずいぞ。大物だ」

警戒心を滲ませながら、周亥が呟く。

わざわざ口に出したのは注意喚起する必要があったからだろう。つまりそれだけの相手だということだ。

一体何がいるのだろうか。沙夜は上体を屈め、男達の間から覗いてみた。

「……………狐」

一目でわかった。

晨曦の力の影響だろうか。体は一回り大きくなっているし、獰猛な牙を剝き出しにして理性など欠片も残っていなそうな顔つきをしているが、確かに狐だ。

そしてその正面。青毛の狼から放たれる敵意に曝されながら、それを涼しい顔で受け流している者がいる。天狐である。

さらに同じ方向を注視してみると、一際背の高い殿舎の壁際に、腕を組んだ青年姿のハクもいるようだ。

彼らの存在に気付いた瞬間、ああ良かった、と沙夜は胸を撫で下ろした。

あの二人がいるのならもう大丈夫だ。神様でも相手にしない限り負けることはありえない。たちまち気持ちも軽くなり、声を潜めていたことも忘れて口を開く。

「大丈夫です。ハク様がいらっしゃってます」

「なに、本当か」と緑峰が言うと、「本当ですね。私にも見えます」と綺進が答えた。僵尸である彼には妖異の姿が見えるようだ。ならば彼の首をはねた存在が、狼の僵尸と相対しているところも見えているのだろう。

「ええ、これでもう安心です。ハク様達に任せておけば……えっ」

意気揚々と喋っていた沙夜だが、ハクが手招きしているのを見て口を噤んだ。まさか、あそこまで歩いて来いと？　この僵尸達がひしめく中を？

「どうした沙夜」

顔色から判断したのか、緑峰が気遣うような声を出す。

「何か問題か？」

「ええと……ハク様が手招きをされています。恐らく、こちらに来いという意味ではないかと」

「いや、それは無謀だろう」と周亥。「あの狼は明らかに強敵だし、他の僵尸だって少なからずいる。危険だぞ」

その通りだ。言われずともわかっている。でもハクが来いと言うのなら、行かねばならないのだ。沙夜は彼の弟子なのだから。

「大丈夫です……。行きます。一人で行きますので」

「待て。行くなら全員で行く」と強い口調で緑峰が言う。「この人数なら何とか切り抜けられるだろう」

その気持ちは素直に嬉しかった。だが首を横に振り、こう答える。「いえ、恐らくわたし一人の方が安全です」

「なるほど。あの方法を使うのですね？」

この場で一人だけ沙夜の意図に気付いたであろう綺進がそう言った。なので首肯し、緑峰達の心配を払拭するために答える。

「僵尸は人の呼吸を感知して、襲いかかってくるそうです。つまり息を止めて歩いていけば、問題なくハク様の元まで行けます。……伝承では」

最後にそう付け足したのは自信のなさの表れだったが、しかしこの考えで間違ってはいないはず。現役僵尸の綺進もうなずいているのだから、きっと大丈夫。

それでは行ってきます、と言い置いて、沙夜は半開きになった木戸の隙間を抜けた。あまり逡巡した様子を見せると、また緑峰に止められかねない。だから拙速に努める必要があったのだ。

覚悟を決めろ、女は度胸だ。

一歩、また一歩と前に進んでいく。すると……。

何も起こらない。とても順調だ。どうやら勇気を振り絞った甲斐はあったらしい。

沙夜の読みは当たっていたようだ。

呼吸を止めてそろり、そろりと足を進めていくと、僵尸たちは一切の反応を見せず、夢遊病者のような足取りで付近を巡回し続けていた。

となれば距離はさほどでもない。そのまま息継ぎをすることもなく、ハクの元へと辿り着いた沙夜は、すぐに袖の中から呪符の束を取り出した。

「ふう……。どうぞハク様。これが必要だから呼んだんですよね？」

「そうだ」

腕を伸ばしてきたハクに、はいと答えながら沙夜は手渡した。

が、いつになく緊張感に満ちた彼の態度に、まだ何か問題があるのかと不安が込み上げてくる。

「……あの、晨曦様はどこにいるのですか？」

「この上だ」

ハクは手元に引き寄せた呪符を一枚一枚めくって確認しつつ、わずかに顎を持ち上げて方向を示した。

言われるままに沙夜がその方向に目を凝らすと、殿舎の屋根の上に伸びた尖塔に、何やら奇怪な……灰色の体毛に包まれた大猿のようなものが摑まっていた。

「まさかとは思うのですが……あれが晨曦様だったりします？」

「当然だろう」変わらず厳格な声で告げるハク。「魃がどういう姿をしているかは、白澤図に記されていたはずだ。ならその子孫が同じ姿になっても不思議はあるまい。いかにも合理的ではないか。日の光が弱点ならば、全身くまなく体毛で包んでしまえばいいというわけだ。そういうふうに進化した生き物だ、あれは」

「…………」

嘘だろう？　嘘だと言って欲しい。

絶句しつつ、沙夜はもう一度上空に目を向けた。

あの華奢で、儚い雰囲気を漂わせる美少女はどこへ行ったのだ。口惜しさに唇を嚙むと、鋭い痛みが体の芯を通り抜けた。それでも動揺を御しきれる自信はなかった。

大昔にいた魃という女神が、どういう存在なのか、正確なところはわからない。天に帰れなくなった彼女を排斥した人を恨んでいるのか、召還した父を恨んでいるのか、この国そのものを恨んでいるのか……そんなことは知らない。

だがどれだけ怨嗟を募らせていようとも、己の子孫の身をあんなふうに変貌させるだなんて酷過ぎる。ここには晨曦の想い人だっているのだ。もしも緑峰があの大猿の正体に気付いたら……考えるだに恐ろしい。

「責めてはやるな」

呪符を確かめ終わったのか、微かに瞳を揺らしながらハクは言う。

「あれはな、魃自身にもどうにもならぬ問題なのだ。蚩尤との闘いで力を使い果たし、己の特性を御する術すら失った。だから自ら辺境に隠遁し、姿まであのように変貌させる必要があった。我が猫の姿に変化する理由と同じだ」

「猫の姿に……。では魃もまた、術を用いて霊格を下げているのですか」

「そうだ。本来のあれの力は、我より強い。半分とはいえ神なのだからな。いかに醜かろうと仕方がない。あの姿でなければならんのだ」

「……そう、なんですか」

納得するしかないのか。魃もまた辛いのだと。子孫に背負わせたくなどなかったのだと。それが強い力を持ってしまった者の宿業なのだと……。

「だがな」

と、さらに険しい口調になりながらハクは続ける。

「あの姿であっても、なお影響は大きいのだ。この状態が続けば、恐らく数年の内に中原は砂漠に変わるだろう。だからすぐにでも、退治せねばならん」

「退治」

呆然(ぼうぜん)としつつ復唱する。

「退治とは、晨曦様を殺すということですか」

「そうだ。必要があればそうする。それが我の使命でもあるからな」

「――――っ」

沙夜は再び言葉を失った。

ならそのために、ハクは百枚もの呪符を作らせたのか。沙夜の手で晨曦を殺させるために。こうなると知っていて……。

本当にそれしかなかったのか。晨曦が追い詰められているときに助ければ良かったではないか。投獄された沙夜を解放してくれれば良かったではないか！　この身さえ自由であれば、きっとこの結果を変えられたはずなのに。

それが神獣の意思か。

激しい怒りが胸の内に渦巻き始める。ハクには恩がある。尊敬してもいる。だけど今回ばかりは許せない。もう一生許せそうにない。

声を荒らげたい。あなたは最低だと叫びたい。その衝動に身を任せそうになった、そのときだった。

「――でもあの娘はただの子孫。魃じゃない」

と、そこで天狐が後ろ向きに歩いてきて告げたのだ。

犼への警戒も切らさないように、器用に沙夜の耳元でこう囁く。

「大猿の姿だって一時のもの。まだ元に戻せる可能性はある」

「えっ……本当ですか⁉」

目の前に下りてきた、一縷の希望の糸。

その真偽を訊ねるためにハクに目を向けると、彼は何やら苦笑混じりに「本当だ」と口を開く。

「それは事実だ。おまえに作らせた呪符もそのためのものだが……。しかし本人が望んでいるとは限らんぞ。前にも言ったが、何でも治せばいいというものでは」

「大丈夫ですっ！　元に戻してから本人に聞きます！」

間髪入れず、沙夜は決然として答えた。

そんなの確認するまでもない。大猿のままでいたいなんて言うはずがない。

晨曦は確かに力を使った。でもきっと取り戻したかっただけなのだ。朱莉がいて、犼がいて、緑峰がいて、もしかしたら近くに沙夜もいる、あの時間を。彼女が心からの笑顔で過ごせる、安らかな時間を……。

今からでも遅くないというのなら、やってみせる。絶対に最高の結果を引き寄せてみせる。この身の全てを賭して。

そう心に決めた途端に、不安も怯えも全て掻き消えた。

「――ではここは任せたぞ」

「はい。ご武運を」

ハクにそう答えて、天狐は狐の元へ向かって歩みを進めていく。

一見、隙だらけに見えるが、きっとそうではないのだろう。晨曦の力が高まっているせいで、理性を失い野獣と化したであろう狐が怯えている。襲いかかった瞬間に斬られると確信しているに違いない。

「天狐さんもお気を付けて」

沙夜が言うと、彼女は振り返らずに答えた。「わかった。やり過ぎないように気をつけつつ、ちゃんと躾けておく」

その後ろ姿はどう見ても可憐な少女なのだが、放たれる威圧感は周亥以上だった。

どうやら姉弟子の方は心配いらないらしい。だが師の方はどうか。

「行くぞ」とハク。「大言を吐いたのだ。自分の手で何とかしてみせろ」

続けて、まずは屋根の上に上れ、と言ってくる。

そうか。そうだった。晨曦は屋根の上の尖塔部にいるんだった……。

「……ハク様。空を飛ぶ術とかありません？」

「あったとしてもおまえに使えるわけがなかろう。下らんことを言ってないで、とっとと上れ」

「はぁい……」

背中を押され、仕方なく殿舎の壁に手を掛けた。

何だか後宮に来てから、やたら壁を上っている気がする。故郷では木登りの名手として知られていたから何とかなっているが、この高さは初めてだ。

きっと大変だろうなと思ったが、実際にやってみると想像以上に過酷だった。

以前、香妃の宮が火事になった際にこびりついたものだろう。柱や壁のいたるところが黒い煤に塗れており、掌を拭っても拭ってもきりがない。

煤は汚れるだけでなく、手を滑らせる効果もあるようだ。そのせいで何度か危うい場面があり、都度落下を想像して身を震わせる羽目になった。

それでもなんとか屋根の上に上がると……。

「遅い。何をしていたのだ」

どんな手段を使ったのか、先に到着していたハクに文句を言われた。

「あいつも待ちかねていたようだ。見てみろ」

「はい……」

促されて尖塔の方に目を向けた。近くで見ると、凄い迫力である。

背の高さは七尺ほどはあるだろうか。あの招星よりもさらに大柄で、盛り上がった肩と丸太のような腕が否応なく脅威を感じさせる。

元の晨曦の……あのしなやかな肢体を思わせるものは何一つなく、膨張した全身の筋肉を灰色の深い体毛がくまなく包み込んでいた。

いやそれだけではない。体の左半分が陽炎のように揺らめいているのである。その事実が意味するところは、恐るべき霊格の高さだ。これまであらゆる妖異を映してきた沙夜の目をもってしても、ぼやけて見える。つまりはハクよりも上位の存在なのだ。

伝承では目は一つで手も一本、足も一本だと記されていたがこういう意味だったのか。名実ともにこの大猿は半神なのである。

そんな相手に、もしも問答無用で襲いかかられたなら……。なす術もなく片手で頭を摑まれて、首をねじ切られるのではと思える。そんな確信めいた予感に一瞬で体が震え上がった。

だがここまできて、尻込みしてなどいられない。

「晨曦様……。晨曦様、わたしがわかりますか？」

こめかみを流れる汗を袖で拭いつつ、変貌した彼女に歩み寄っていく。

瑠璃瓦の屋根は斜めに傾いており、足場は良いとは言えない。気を抜けばすぐさま滑り落ちそうだ。

慎重に足を運びながら、大猿の背に向けて語りかけていく。

「お願いだから大人しくして下さい。今ならまだ間に合いますから」

するとそこで、尖塔を摑んだまま彼方に視線を飛ばしていた大猿がくるっとこちらに振り向いた。

目が合って、ただちに思う。

説得など無理だ。理性なんてどこにも感じないと。

「晨曦様……。晨曦！」

それでも声を上げた。必死に恐怖に抗って。

「聞こえますか⁉　言葉がわかったら返事をして下さい！」

ぞわりと肌が粟立つのは、既に大猿の間合いに入っているからだ。あちらが本気になればいつでも沙夜を殺せる。それを理解してしまった。

しかしもう逃げ場はない。やりきるしかない。たとえ言葉が通じなくとも、呪符を何とか直接肌に貼り付けなければ……。

ハクは後ろで見守ってくれているが、正直彼に武力は期待できない。いつも猫の姿で怠惰に寝そべっているだけだし、修練に顔を出したこともないし、荒事のときにも常に静観しているだけだ。腕も足もすらりと細いし、どちらかと言えば痩身と表現できる体格だ。それでもきっと沙夜よりは強いのだろうが、天狐よりも弱いはず。そう認識していた。

額にある第三の眼を開き、神眼を発動させれば視界に映った相手を金縛りにできるようだが、その対象は人間限定だと聞いている。つまり半神相手には無力。

今は誰にも助力を願うことはできない。自分で何とかしなければ。

「ウウウ」

獰猛な唸り声。獣のようだ。

やはり理性ある生き物のものではない。

どうする。どうすれば……。悩んでいるうちに、大猿が尖塔から手を離し、こちらに体を傾けた。もうじき向かってくる。

我知らず、咄嗟に身を竦めてしまった。天狐との修練で多少度胸を鍛えたとはいえ、沙夜は肉体的には常人に過ぎない。人智（じんち）を超えた膂力（りょりょく）を持つ妖異に抗う術などない。

一足先に、絶望を感じた。

ぐっ、と膝を屈め、足場に力を蓄える大猿。

飛んでくる気だ。もう数瞬後にそのときは迫っている。このままでは。

焦る沙夜。だが既に屋根の端に立っている。下に飛び降りることもできない。避けることも不可能。つまり殺される！

「ガァッ‼」

叫び声とともに大猿の巨体が、突然ぶれて視界から掻き消えた。

その瞬間、凄まじい圧力を感じて身を固める。が——

気が付くと、猿の大きな掌から延びた黒々とした爪が、沙夜のすぐ頭上で静止していた。

晨曦がすんでのところで自我を取り戻し、手を止めてくれたのかと思ったが、どうやら違うらしい。

「——手間のかかる弟子だ。あれだけの大言を吐いたくせに」

目を開けたその瞬間、信じられない光景に瞠目した。せざるを得なかった。

ハクである。あの痩身の美青年がその細腕を伸ばし、傷一つない指先で握った鉄の扇で、大猿の豪腕をいとも簡単に受け止めていたのである。

「何だその顔は。……おい、まさかおまえ」

続けて彼は、目の前の魑などまるで脅威ではないと言わんばかりに、怯える沙夜の顔を覗き込んでくる。

「物凄く意外そうな顔をしおって……。馬鹿弟子め」

言いつつ軽く鉄扇を振るうと、大猿が紙のように軽々と吹き飛ばされていった。目の前の光景がもはや現実かどうかもわからない。この細い体軀であんな力が出せるはずがないのに……。

「我が天狐より弱いとでも思っていたのか？」

「ち、違うのですか？」

「阿呆。弟子より弱い師など、いるわけがあるまい。我は天狐よりも……そうさな、倍は強いぞ」

「倍……!? 本当ですか!?」

「……いや、倍は言い過ぎたかもしれんが、間違いなく強いぞ」

言い訳のように呟く彼の背後から、再び大猿が襲いかかってくる。吹き飛ばされたように見えて空中で体勢を整え、逆襲の機会を狙っていたらしい。

危ない！

一瞬、目を瞑ってしまった沙夜だったが、ハクはやはりその一撃をしのいでいた。今度は殴りつけてきた大猿の腕を上から叩き、瓦の上に膝をつかせてしまった。

「仕方がない。我の力の一端を見せてやろう」

にやりと口角を上げつつ、ハクは大猿の胴に蹴りを叩き込む。

その、どう見ても体重の乗っていない前蹴りによって大猿は瓦の上を転がり、何とか体勢を立て直したときには苦悶の表情を浮かべていた。

「グゥ……！　ウガァッ！」

そこから先も一方的な展開だった。

途切れることなく繰り出される大猿の攻撃を、ハクは全て紙一重でかわしていく。舞うように、踊るように、その綻んだ口元から笑みが失われることもなく、あくまで優雅に避けきると、最後には痛烈な反撃を繰り出して三度猿を弾き飛ばした。

すごい。本当にすごい。神獣白澤の本気とはこれほどのものなのか。対抗できる者などいるはずがないではないか。

沙夜の瞳に羨望が宿り、心の中は師への称賛で満たされる。そのまま動きを封じて

下さい。頑張れハク様！　いや頑張らなくても余裕ですよね！　そう心の中で念じていると、

「むっ？」

どごん、と何やら大きな音がした。

苦し紛れに大猿が放った拳。それを華麗にハクがかわしたのだが、飛び退いた先には尖塔があり、そこに背中をぶつけてしまったようなのだ。

「……と、とっとっと」

衝突の痛みはまったくないようだが……どうやら体勢を崩してしまったらしいハクは、そのまま瓦の上を三歩ほど跳ね、屋根の一番端で爪先立ちになる。

「あっ――」

そしてぽろっと音がして瓦が外れた直後、あえなく彼は落下していったのだった。

あまりのことに目を疑った。それはない。それはないよハク様。

さっきまでの称賛を返して欲しい。羨望も返して欲しい。心中で愚痴を吐きながら、沙夜は再び大猿に対峙する。今度こそ紛れもなく一対一だ。

先程から相手が荒い息を吐いているのは、興奮のせいではないだろう。ハクの攻撃

がしっかり効いていたのだ。

だからきっとあと少し。もう一歩で勝てるはず。沙夜は自身を奮い立たせながら、呪符を取り出して両手に構えた。

……が、そんなに甘い話はなかったようだ。

少し離れた場所で再び屈伸した猿は、その勢いのまま飛び込んでくる。とても目で追えるような速度ではなく、回避など当然不可能。

ああ、これは死んだ。今度こそ間違いなく死んだ。目を閉じて覚悟を決める暇すらなく、沙夜は眼前に近付いてくる拳を眺めていた。

すると、それがあるとき、空中でぴたりと止まった。

「――――えっ？」

呆気にとられながら、大猿の顔を見る。どうして攻撃を止めたのかわからなかったからだ。

まじまじと、その表情を読み取ることに努める。やはり恐ろしい顔つきだ。心臓の弱い者なら卒倒しかねないと思う。だが……。

まっすぐ視線を合わせた途端、相手の目がわずかに泳いだ。その瞬間を沙夜は見逃さなかった。

「あ、あなた……！」

いつの間にか顔つきも、ばつの悪そうなものになっている。それで直感した。

――晨曦の自我は残っている。今までのは演技だ。中身は晨曦のままだったのだ。

何のことはない。彼女は理性を失ってなどいなかった。

なのにどうしてそんな芝居をしたのか。

斃されるためだ。化け物として討伐されるためだ。それが責任の取り方だと勘違いしていたのだ。

恐らく、良順を殺めてしまったことを悔いているのだろう。実際に手を下したのは狒だろうが、力を与えたのは晨曦だ。だから己の咎と認識していてもおかしくない。しかも醜い大猿の姿になってしまった彼女は、想い人である緑峰の元へは還れないと悟ったに違いない。ならばいっそ、この場で白澤に退治された方がいい。そうすれば全ての僵尸達は土へと戻る。だから……。

「――ばっかじゃないの⁉」

沙夜は呪符を握った右腕を思いきり振りかぶり、それを大猿の胸板に叩きつけた。

直後、ギャオオオ、と彼女の口から悲鳴が漏れる。今度は演技ではない。本気の声だった。どうやら呪符を貼り付けられた場所には激痛が走るらしい。

が、確かに効果はあるようだ。大猿の胸から白煙が立ち上ると、その周辺に生えていた剛毛が綺麗に消失していた。

つまり、これで正解なのだ。沙夜はもう一枚呪符を取り出し、彼女の間合いに踏み込んで、今度は右肩に貼り付けた。

再び痛みを訴える声。だがやはり呪符を貼った箇所だけは変化が解けるようだ。

なるほど。ハクはやはり叡智の獣だ。全能ではないが全知ではある。少々みっともない姿を見せることはあれども、彼の指示には間違いはない。全てを読みきっているから無駄も一切ない。

百枚の呪符を作らせた理由は、百体の僵尸を斃せということではなかった。

大猿の体全体を覆うのに、百枚が必要だったのだ。

その確信を力に変えて、沙夜は次々に呪符を貼り付けていく。大猿はその度に声を上げ、悲痛な叫びを響かせるが我慢してもらうしかない。

十枚。二十枚。どれだけ手際よくやってもそれなりの時間はかかる。

三十枚。まだまだ残っている。どうか耐えて、晨曦……。

ついに瓦屋根に膝をついた彼女は、刺激に慣れたのか、それとも激痛のあまり感覚が麻痺してきたのか、徐々に苦悶の声も上げなくなってきた。

だが彼女の額に呪符を貼ったとき、一際強い痛みを感じたのか、反射的な動作で腕を大きく振るってきた。

「――あっ」

半身を呪符に覆われ、全体的にやや小さくなったとはいえまだ十分な豪腕である。それが勢いよく沙夜の腰に当たると、その軽い体はあえなく宙に浮き、あっという間に屋根のない場所まで吹き飛ばされてしまった。

落ちたら恐らく、生半可な怪我では済まないだろう。そうは考えたが既に空中だ。今さらできることは何もない。もう諦めるしか……そう思った瞬間、大猿もまた屋根を蹴って跳躍した。そして沙夜を抱えて一緒に落下しようとする。

下敷きになるつもりか。本当に馬鹿な――

そして数瞬後。どぉんと大きな音がし、衝撃が体全体を波打たせた。

だが大猿が下敷きになってくれたおかげで、沙夜はまだ何とか動くことができそうだ。あちらはすっかり意識を失ってしまったようだが。

ならば好機だ。眠っている間に呪符で体を覆ってしまおう。

そう考えて作業を続けようとしたが、大きな音を立てたのが良くなかったらしく、周囲から僵尸がわらわら集まってくるのがわかった。しかも落ちたのは正殿側らしい。この場所では天狐に助けを求められないし、もちろん緑峰達も間に合わない。

ああ、これは駄目だ。今度こそ死ぬな……。

意識が朦朧(もうろう)としてきた。やはり落下の影響は少なからずあったようだ。肋骨(ろっこつ)の一本や二本、折れているかもしれない。

ごめん、晨曦。ちゃんと助けられなくて……。

絶望しかけた、そのときだった。嵐のごとき勢いで飛び込んできた何者かが、僵尸の群れを一掃するのが見えたのである。

一瞬、都合の良い幻覚か何かかと思ったが、どうやらそうではないらしい。

「……さっさと終わらせろ。まったく、今日は厄日だ」

そう言って沙夜を睨み付けたのは、頼りになる彼女の師、白澤だ。

──ありがとうございます。ハク様。

胸が苦しくて、もはや言葉を放つのも億劫(おっくう)だ。だから心の中で感謝を捧げながら、ただ愚直に呪符を貼り付けることだけに専念する。

その甲斐あって、晨曦の体全体を呪符で覆うことに成功したときには、安堵のあまり口から魂が抜け出そうになった。

「遅いわ。出来の悪い弟子め。帰ったら修行のやり直しだからな」

「……はい、わかりました」

達成感に満たされつつ、体が浮き立つような心地のまま沙夜はハクに目を向ける。

すると、彼の白銀の髪に小さな木の枝が引っかかっているのが見えた。

「ハク様、御髪(おぐし)が乱れてますよ……。庭木の上にでも落ちたんですか？　帰ったら櫛(くし)で漉(す)いて差し上げますから……」

「いらん。馬鹿め」

ぷいっと顔を背ける彼。実にそっけない態度である。白猫の姿のときだけではなく、たまには人型のときも——

そこまで考えたところで、どんどん目の前が暗くなってきた。意識が消失しようとしているのだ。そういえば昨夜はあまり眠れていなかった。木の寝台が硬過ぎて……。

結局、そこまでだった。沙夜は晨曦の上に覆(おお)い被(かぶ)さった格好のまま、あえなく気を失ってしまったのである。

動きを止めた多数の僵尸達に見守られながら、安らかな寝息を立てる二人の元に、やがて美しい朝日が差し込んできたのだが……。それを知るものはやはり叡智の獣、白澤だけだったのだという。

終章（しゅうしょう）

《泰山不要欺毫末、顔子无心羨老彭。
松樹千年終是朽、槿花一日自為栄。
何須恋世常憂死、亦莫嫌身漫厭生。
生去死来都是幻、幻人哀楽繫何情》

泰山は偉大だが小さきものを侮らないし、
短命の顔回（がんかい）も彭祖（ほうそ）の長寿を羨む心はなかった。
松の木は千年の寿命があってもいずれは朽ち、
むくげの花は一日の寿命でもそれを栄華とする。
人の世が恋しくとも死を憂うには及ばないし、
我が身を嫌って無闇に生を厭うこともない。
生まれて死ぬことは全て幻であり、
幻の中の人の哀楽をどうして気にかけようか。

長い長い夜を越え、自らの執務室に戻ってきた緑峰は既に限界だった。全身を襲う疲労感から逃れるため、安楽椅子の背もたれにぐったりと倒れ込む。

あの夥しいまでの僵尸の群れを目にしたときには、自分の在位期間もこれで終わりだろうかと本気で考えた。燎との戦争も止められず、下手をすれば綜の歴史に終止符を打った皇帝として後世に名前が残ることも覚悟した。

だが沙夜のおかげだ。どうやら首の皮一枚繋がったらしい。

彼女が一体、どのようにして騒動を収めたのかはわからない。しかし事実として、朝日が昇るとともに全ての僵尸は活動を止めた。そして自らの足でそれぞれの墓へと帰って行ったのだ。あの光景はなかなかに壮観だった。

そうそう、白陽殿に保護された晨曦も無事だそうだ。ただ酷く消耗しているそうで、面会には数日待って欲しいとのことだった。大したことがなくて何よりだ。

事件の後始末はまだ残っているが、さすがにもう動けない。思えば晨曦のお披露目のための夜会を企画した辺りから、働き通しだった気がする。少しくらいは休んでもバチは当たらないだろう。そう考えて緑峰は目を閉じたのだが……。

「――いやぁ良いですね。これは実に心地がいい」

勝手に部屋に入ってきた綺進が、何やら上機嫌な口調でそう言った。

薄目を開けて見てみると、沙夜に貰った呪符を体のあちこちに貼ったり剝がしたりして遊んでいるようだ。部屋中を歩き回りながら。

「おい。収容所に戻っておけと言っただろう。己の立場が分かっているのか？」

「はは、もちろん弁えておりますよ？　だからこそ、ここにいるのです」

一体何がそんなに嬉しいのか、綺進はさらに声を弾ませる。

「私は緑峰様の側近ですから。今までも、そしてこれからもね」

「……調子のいいことを。一度俺を裏切っておいて」

片側の口角を吊り上げてみせつつ、皮肉混じりにそう口にしたのだが、幼馴染みであり親友でもあったその男は無垢に近い笑みを向けてきた。

「何度も説明したではありませんか。それは僵尸となった際に施された呪縛のせいで、秘密の漏洩を禁じられていたからだと。でもこれのおかげで今度こそ完全に解放されました。どれだけ感謝しても足りませんよ。今後は生涯の忠誠を誓いますので！」

自分の額に貼り付けた呪符を、ふっふっと息を吐いて浮かせながら、上擦った声でそう言う彼。どうやらあの呪符にはそういった効果もあるらしい。

何が生涯の忠誠だ。もう死んでいるくせに……。

「……まあいい」

どうせ何を言っても意に介しはしないのだろう。そう言えば綺進は、昔から人の話を聞かないやつだった。

「本当に呪縛が解かれたのならば、もう全てを話せるということだろう？　これまではぐらかしてきた答えを、今ここで聞かせろ」

言いながら、緑峰は勢いをつけて体を起こした。疲労から関節が軋んだ音を立てるが、気にしている場合ではない。厳しい態度を心掛け、さらに問い掛けていく。

「聞きたいのは、おまえを殺した相手についてだ。不意をつかれたため見ていないと言っていたが、それは真実か？」

「……ああ、そのことですか。なるほど、やはり疑っておられたのですね」

すると何故か一層嬉しそうな顔つきになり、綺進はふふっと笑みを漏らす。

「正解です。そう答えたときの私は、術により意思をねじ曲げられていました」

「つまり、今なら言える、というわけだな？」

緑峰は立ち上がり、綺進の方に向けて一歩前に踏み出した。

「ならばすぐに教えろ。おまえを殺したのは誰だ」

「もしかして、仇を討って下さると？」

「当たり前だ」

即座に緑峰は断言する。

生者だった頃の綺進は、紛れもなく友だった。唯一無二の相手だった。僵尸にさえならなければ、絶対に裏切らなかっただろう。今でもそれは確信を持って言える。

だからこそ、許せなかった。

何者が綺進を害したのか。どうして殺されなければならなかったのか。ただそれを知りたい。知らなければならない。極論すれば緑峰は、その秘密を知るために皇帝になることを決めたと言ってもいいくらいだ。

兄の志を継いで国を良くしたいと思ったのも事実だが、綺進の死の真相を知りたいという気持ちの方が、実は何倍も大きかったのである。

「もう一度訊く。おまえを殺したのは、一体誰だ」

あくまで真剣に、まっすぐ彼に目を合わせて緑峰は訊ねる。

綺進はひねくれた性格の持ち主ではあるが、誠意には応える男だ。こうすればはぐらかすことはないだろうと、緑峰は経験則で知っていた。

ややあって、溜息混じりに口を開いた彼は、「仕方がないですね」と呟く。

「──私を殺したのは、あなたのお父様ですよ」

「……何、だと？」

衝撃を受けた。耳を疑った。今こいつは何と言った？

父だと？

だが緑峰は知らない。母は後宮の妃だった。だが彼女は皇帝以外の男に体を許し、そして緑峰を身籠ったのだ。そう聞いている。

「はっきりと言いましょう」と綺進は続ける。「あなたの出生の秘密を知ったせいで、私は処分されたのですよ」

「そ、それは真実なのか……？　まさか本当に……」

彼の口から放たれた言葉の余韻がまだ耳に残っている。それが緑峰の脳を痺れさせ、混乱させ、真偽の判断すらつかなくしてしまっていた。

「もちろん、真実ですとも」

にやりと底意地の悪い笑みを浮かべた彼は、やけに流暢（りゅうちょう）な口調になって語り出す。

「簡単に言えば、相手が悪かったのですね。個人的興味で調べていただけなのですが、藪を突いたら巨大な蛇が現れ、力及ばずひと飲みにされてしまったわけです」

「つまりおまえは、俺のせいで……？」

「まあ、そういう側面もありますかね」と、他人事のように彼は答えた。

けれどそれが本当ならば、謝罪しなければならないのは緑峰の方ではないか。

「……教えてくれ。誰なんだ」

たまらず頭を下げ、懇願するように言った。

恐らく、知らない内に緑峰は、綺進に守られていたのだろう。彼の口振りからそれを確信した。でもこれから先はそうはいかない。己の運命に向き合って、そして立ち向かわなければいけない気がするのだ。

「知らない方が幸せかもしれませんよ？　ただでさえ緑峰様は、一人で全てを抱え込もうとなされるところがありますので」

不意に優しげな口調になって彼は言い、質問の答えを濁した。

だが無理に隠し通すつもりもないらしい。こちらの覚悟の強さを測るように、その細い双眸の隙間から鋭い視線を向けてきている。

いつしか空気は張り詰めており、重苦しい静寂が辺りを支配していた。

そんな中、やがて綺進が決定的な一言を放つ。

「まあよろしいでしょう。教えて差し上げますよ、招星宰相です」

「────っ」

軽く切り出されたその言葉に、膝ががくんと抜け、危うく倒れ込みそうになる。

さらに馬鹿な、と心中で絶叫した。そんな馬鹿な話があってたまるものか。

嘘だと言ってくれ。笑って冗談だと言ってくれ……。

しかし、そんな緑峰の思いをよそに、綺進は無慈悲にもこう続ける。

「あなたのお父上は招星宰相です。……ただ、かつての私と同じくあの男も操られているのですよ。大昔からこの国を動かしてきた、泰山を統べる神異（しんい）によって——」

すっかり真夏めいてきた太陽の下で、天狐は珍しく御機嫌だった。

「——くくく。なかなか筋がいい。千年も鍛えれば立派な神獣になれるかも、ね」

そう呟きつつ見下ろしているのは、息も絶え絶えの様子で地面に転がった、狁の姿である。

濃密な緑に覆われた白陽殿の裏庭では、このところ同じような光景が繰り返されていた。というのも、狁が霊獣見習いとして天狐に弟子入りしたためだ。

ここに至った経緯はそれ程複雑ではない。晨曦が魃の力を解放した際、最も近くにいた犽はその影響を受け過ぎてしまい、体が肥大化し理性も吹き飛んでしまった。

沙夜の手により晨曦は人の姿に戻り、その際に犽も元に戻ったのだが、天狐と闘う前に受けていた体の損傷は致命的なものだった。いかに僵尸といえど滅びるしかない。見る間に肉体が灰となって崩れ落ちていく。そんなとき、天狐がこう言ったのだ。

――ねえおまえ、自分の弟子になる気はない？

犽は迷わず、こくりとうなずきを返した。

晨曦を一人でこの世に残しては逝けない、そう思ったからだろう。その意思を汲んだ天狐は犽の肉体から魄を抜き出し、実体のない霊獣として生まれ変わらせた。

そういったわけでこうして連日、朝も夜も問わず天狐が模擬戦に付き合わせているのだが……犽が己の選択を後悔していないとも限らない。

だから修行の合間に、天狐は何度も訊ねるのである。

「……いつまで寝てるの？　踏めばいいの？　やっぱり死にたいの？」

冷たい声でそう告げると、犽はたちまちしゃきっと立ち上がる。

いくら体力が限界であっても、天狐に逆らう方が余程危険だと、既に心に刻まれてしまっているからだ。

「いい？　おまえにはもう肉体はない。だから限界なんてないはず。力に制限をかけているのは、未熟な精神の方」

すると、うぉん、と狐は声を返した。

わかりました、という意味だろう。

彼の中にあるのは、たった一つの誓いだ。肉体を失っても、愛すべき主人から己の姿が見えなくなっても、それでも守り通す。

あのとき守れなかったから。涙を流させてしまったから。だから同じ轍は二度と踏まない。その一心で天狐のしごきに耐えているに違いなかった。

「……ふふふ。その眼、実にいい。とっても綺麗」

無意識のうちに笑い声が、天狐の口からこぼれ出す。

神獣である彼女は、人も動物も等しく見下している。しかし、向上心のある者は好きだ。可能性という芽を育て、それがやがてどんな花を咲かせるかを見守るのが趣味なのである。

「文文、こっちに来なさい。おまえにも稽古をつけてあげる。二度とあんな百足に後れをとらないように」

そう呼びかけると、庭木の枝から一部始終を眺めていた大蜂が飛んできて、青毛に包まれた狐の頭の上に着地した。

「二人がかりで構わない。かかってきなさい。死力を尽くして、ね」

「……やめんか、暑苦しい」

背後から聞こえてきた声に振り向くと、少し離れた殿舎の軒下に、師である白澤が立っていた。珍しく人の姿をとり、高い鼻筋に汗を滲ませているようだ。

この距離まで気付かせないとはさすがだ。天狐が感心していると、彼は忌々しげに長髪をかき上げつつ口を開く。

「今回の件で、確信した。彼奴はもう目覚めている。間違いない」

「では……？」思案しつつ天狐は答える。「魃の末裔がここへやってきたのも、偶然ではないと？」

「当たり前だ。そんな偶然があってたまるか。……恐らく、我に手駒を与えたつもりなのだろう。彼奴はこの都を盤面にして、我と遊戯をしたいようだ。その目的のために裏から手を回して、魃の血を引く者を呼び寄せたのだ」

──なるほど、象棋のようにか。

あれはなかなか面白かった。機会があれば師父とも手合わせしたいところだが……どうやら口に出せる空気ではなさそうだ。

「ならばそろそろ、直接仕掛けてくる、と？」

「いや、どうだろうな」白澤は言葉を濁した。「彼奴の保有している戦力は、この国そのものと言ってもいい。まだこちらの戦力が足りぬやもしれんな。今後も後宮に送り込まれてくるかもしれんぞ。古の神の、因子を持つ者が」

「それは……実に楽しみですね」

　我知らず、天狐はそう口に出していた。本心からの言葉だった。沙夜や晨曦だけではない。いつか神に至れるかもしれない可能性を持った者たちが、大勢この地に集まれば……きっと素晴らしい遊戯になるだろう。黄帝と蚩尤が争った古の大戦よりも、もっと派手で痛快なものになるかもしれない。

「馬鹿が。何が楽しいのだ。煩わしいだけだ」

　白澤は心底面倒臭そうに、重苦しい嘆息をその場に落とした。

「だから封じてやったというのに、まるで反省しておらんようだ。いいか、天狐よ。次は確実に滅ぼせ。おまえにも〝西王母〟の娘としての矜持があるはずだろう」

「……さあ。昔のことはあまりよく覚えていません」

「抜かせ。その狼と文文を眷属とするのはいい。よく鍛えておけ。……あと蜂蜜は、以前取り決めた通り三等分だからな。我と、おまえと沙夜で」

　一息にそれだけ口にするとすぐに踵を返し、「ああ、暑い暑い」と言って、白澤は渡り廊下を戻っていった。きっと書斎でまた眠るのだろう。

まったく、怠惰な師父である。晨曦の件では珍しく先頭に立っていたと思っていたが、実は魃の力によって日照りが続くことを危惧していただけなのではないだろうか。そんな気がする。

「……で、話は聞いていた？　おまえたち」

言いつつ、天狐は再び狐と文文へと目を遣った。

見ると、どちらの目にも、微かな怯えの色があるようだ。話の詳細まではわからずとも、いずれ強大な敵と相対しなければならないことだけは理解したらしい。

名前を口にするのは、簡単だ。

〝東嶽大帝(とうがくたいてい)〟。

古より泰山の主として君臨する、最も神に近い妖異——神異と呼ばれる存在である。

それを相手取っていざ闘えと命じられたとき、一歩前に踏み出せる者がどれくらいいるだろうか。狐は、文文は、沙夜はどうだろう。

「——なら鍛えねばね。今はとにかく」

その場でしばし逡巡した後、天狐はそう結論を出した。でなければこの先、みなが生き残ることなどできないのだから。

すると自然に口元が緩んだ。唇をこじ開けて勝手に愉悦が溢れ出す。絶望的な状況であればあるほど天狐はそれを楽しむ。闘志が沸き立ち、生を実感するのだ。

「………………」

三日月形に歪んだ微笑を浮かべ、恍惚とした様子の彼女を見た二体の眷属は、それでもただ無言のまま、背筋を撫でる怖気にそれぞれ体毛を震わせたのだった。

◇

晨曦の回復は想定していたよりも早かった。そのことに沙夜は心から安堵した。

呪符まみれの彼女を白陽殿に運び込んだときには、全身ぐったりしていて全く生気が感じられず、寝台に横たえてもしばらくは苦しげな呻き声を上げるばかりだった。けれど、その日の夜には穏やかな寝息を立て始め、そして翌日には意識を取り戻したのである。

となれば次に気になるのは、大猿化で毛むくじゃらになった肌が果たして元に戻るのかということだ。彼女を看病している間、ずっとそれが心配の種だった。

晨曦には綺麗な姿のままでいてもらわなければ困る。でなければ、こんな醜い肌を緑峰に見せられないと再び絶望してしまうかもしれないからだ。

ハクによれば、あれは霊的な現象とのことで、実際に皮膚を突き破って毛が生えたわけではないらしい。だからあの呪符の効果で綺麗さっぱり治るはず。そう前もって聞いてはいたのだが、実際に確認してみるまでその憂慮は消えなかった。

「――晨曦様、起きていますか？」

明け方になり、努めて朗らかに声を掛けつつ、戸を開く。

白陽殿の敷地内にある建物は、火事によって半分近く焼失している。なので晨曦の寝所として使えるところは多くなく、期せずして燕晴の隣の殿舎になってしまったのだが、正妃に相応しい場所とはとても言えない。

木陰になっているせいで陽当たりが悪く、四六時中じめじめとして湿気ばかり多い場所だ。光線過敏症の彼女が過ごせる部屋が他になかったのだが、案の定、室内に入るとむわっとした蒸気が鼻先を撫でた。

「……あの、窓開けていいですか？」

「やめて」

部屋の奥の寝台から、微かな制止の声が聞こえてきた。

見ると、一番奥の壁際に置かれた寝台の上で、色白の少女が塞ぎ込むように膝を抱き締めている。

「ちょっと失礼しますね」沙夜はそのまま無遠慮に足を進めて、横から彼女の顔を覗き込んだ。「なんだ、綺麗に治ってるじゃないですか。すっかり元通りですね」

「体は元に戻っても、心はそうはいきませんわ」

涙声でそう言いつつ、晨曦はわずかに顔を上げる。

「だってわたくし、あんな……！　可愛くないお猿さんになってしまって……きっとたくさんの人に見られてしまったわ。緑峰様にだって幻滅されたに決まってる！」

「大丈夫ですよ。普通の人には妖異の姿って見えないんですから。緑峰様にも見えてはいませんでしたよ。確実に」

だって沙夜ですら、陽炎のように揺らめいて見えた程なのだ。大猿化した晨曦の姿を正確に捉えることができたのは、あの場ではハクと天狐だけに違いない。

「で、でも……。何か唸り声とか上げちゃってましたし、あれが聞こえてたかも」

「声も聞こえませんよ。安心して下さい」

「ですけど。ですけど……」

「全部問題ありませんから、もう気に病まないで下さい」

言いつつ、持参してきた手拭いで、彼女の額に浮かんだ汗の玉を拭き取る。

　彼女が本当に言いたいことは別にあるのだろう。良順とその仲間による襲撃を受け、自衛のためとはいえ本来の力を解放し、赶尸術を使った。それが都に騒乱を巻き起こした件について、責任を感じているに違いない。

　ここまで近付いてみるとわかる。全身ぐっしょりと汗まみれになっており、濡れた寝衣(しんい)が体に張り付いてしまっているようだ。自分を責める気持ちは止められないが、せっかく体が元通りになったのに風邪でも引いたらどうするのか。

「緑峰様は全く気にされていませんよ。幸い、混乱は最小限に留められましたし」

「それに関しては、あなたに感謝しています。とても……」

　胸に手を置いて息を落ち着かせつつ、晨曦はそう口にした。

　ようやく少し精神が安定してきたようだ。この機を逃すまいと、沙夜はあることを切り出していく。

「実は、晨曦様にお客様がお見えになっています。ここに呼んでも構いませんか？」

「わたくしの姿を見ればお分かりになるでしょう？　無理に決まっています」

「では、すぐにお呼びしますね」

「ちょっと待ちなさい！　あなた、人の話をお聞きなさいな！」

　膝立ちのまま前傾し、甲高い声を上げて拒絶する晨曦。

「緑峰様にはまだ会えません！　どうか日を改めて下さるよう――」

「安心して下さい。緑峰様ではありません。それではお通ししますね」

自分でも強引だとは思うが、仕方がない。この調子ではいつまでも部屋に籠もったまま、誰にも会おうとしないだろう。それでは困るのだ。

晨曦の抗議には取り合わず、沙夜は素早く寝所の戸を開け放った。すると現れたのは黒ずくめの宦官服に身を包んだ大柄な宦官、袁周亥。

そして彼の後ろには……。

「――あの、晨曦様。私、私は……」

「え……？　朱莉……。朱莉ぃっ！」

彼女の姿を認めるなり、晨曦は矢の勢いで寝台から飛び降り、駆け寄っていった。そして余程感極まったのか、朱莉を床に押し倒してその胸に顔を埋め、思いきり抱き締める。

そう。晨曦の大猿化が解けた後、僵尸となって都を混乱に陥れた死体達は全て地に還ったと思われていた。でも実は違っていたのだ。

皇城内に安置されていた朱莉の遺体は、周亥の手により徹底した防腐処理を施され、赶尸術が発動された際に完全な僵尸として蘇るよう保護されていたのである。

——だけど、この先はきっと大変だろうな。

感動の再会に思わず沙夜も貰い泣きしかけたが、この後に待ち構える展開について考えて、すんでのところで涙を押し留めた。

生前の記憶と性格をそのままに、まるで生者と変わらぬ姿で動き、言葉を紡ぐ朱莉。だが赶尸術の仕組みから言えば、今の朱莉は生前の彼女とは別物なのだそうだ。その魂は既に失われ、肉体に宿った魄だけの存在なのだという。

僵尸の体に刻まれた傷は、治らない。朱莉の場合は凶器が針だったため、刺された場所さえ隠せば見た目は誤魔化せるかもしれない。血流が止まったままの青白い肌も、化粧を駆使すれば何とかなる。ただし、世間的な立場というものはそうはいかない。朱莉は既に故人だ。彼女が殺害されたという事実は、公的に発表されている。晨曦の元で侍女を続けることはできない。だから……。

「——これでもう、思い残すことはありません」

両の目から大粒の涙を流しながら、朱莉は言う。

「晨曦様。どうかこの体に施された赶尸術を、解いて下さいませ」

「……朱莉、何を言うのです」晨曦は震える声で返す。「あなたがいなくなっては、わたくしは本当に一人ぼっちに……。これからも近くにいてくれなければ困ります」

「いいえ、それはできません。私だってお側にいられればどんなに嬉しいか……。ですがこれ以上、晨曦様の負担になりたくはありません」

瞳の奥を揺らしつつ、朱莉は首を横に振った。

晨曦が死んだはずの侍女を側に置いていれば、誰だって即座に僵尸だと判断する。そうなれば正妃を目指す上での足かせとなることは間違いない。現状ですら乗り越えるべき障害は山積みだというのに。

つまりここで朱莉を地に還してやることが、晨曦にとって最も賢明な選択なのだ。それを口に出すのがとても辛い。沙夜は自らの胸元を右手で掴み、強く握り締めた。

誰かが言わなければならない。選択を迫らねばならない。恨まれなければならない。だとすればそれは、きっと自分の役目なのだろう。そう信じて言葉を紡ごうとした、まさにその瞬間だった。

「――まあ、少々予定は変わったが、別にいいだろう」

寝所の敷居の上に立っていた周亥がぽつりとそう漏らし、何やら覚悟を決めた表情でこちらに歩み寄ってきた。

そしてその直後、彼は朱莉の前に跪くと、堂々と紳士の礼を取り、まっすぐ手を差し出しながら大きく声を張ったのである。

「朱莉殿。どうかうちに来てくれないか。オレと夫婦になってくれ」

「────え」

突然の彼の言葉に、たまらず朱莉は目を丸くした。

僵尸に求婚……？　もちろん沙夜も晨曦も息を呑んで言葉を失ったが、そういえば二人は元々そういう関係だったと聞いていた。あれは事実だったのか。

「お、お気持ちは嬉しいのですが……。さすがに無理でしょう、それは」

朱莉はやはり、受け容れなかった。自身は既に屍者であるため、生者であるあなたの妻になる資格はないと固辞する。

しかしそれを聞いて周亥は笑い、あっけらかんとこう言い放ったのである。

「別に構わんさ。オレだって宦官だ。そのうち顔色も青白くなるし髭も生えなくなるだろう。当然、子をなすこともできん。そう考えれば僵尸と宦官は似たようなものではないか？　つまりお似合いという話だ」

あまりに明るい声で言うので、朱莉はぽかんと口を開けて呆然となった。

そして立ち直るなり、真意を探るような目を彼に向けた。が、続けて周亥が浮かべた少年のような微笑みを見て、つられて笑ってしまったようだ。

「ふふ……。本当にいいのですか？　私、ちょっと腐ってるかもしれませんよ？」

「なぁに構わん。女も果物も、腐りかけがちょうどいいと言うではないか」

「何ですそれ。意地を張っていた私が、何だか馬鹿みたいではありませんか」

「馬鹿でいいのだ。オレもよく言われる。おまえはいつも幸せそうで羨ましいなと」

「きっとそれ、褒め言葉ではありませんよ」

「別にいいだろう。幸せになれるかどうかの方が、余程大問題だ。……そしてオレが幸せになるためには、おまえが絶対に必要だ。そう確信している」

力強く、かつ優しい言葉だった。沙夜は正直、周亥という人間を見直した。これ程までに大きな愛情を、他人に向けられる人だとは思っていなかった。

さすがの朱莉も、この捨て身の特攻めいた告白には勝てなかったようだ。

しばらく思い悩む素振りは見せたが、結局は彼の申し出を受け容れ、夫婦になって同じ家に住むことを了承したのである。

「よかった……。よかったね、朱莉……」

家族にも等しい彼女が幸せになれると知って、晨曦はまた泣き出した。

大いに泣いて、泣き喚いて、涙でぐしゃぐしゃになった顔のまま朱莉に抱きつきながら、本当によかったね、幸せにね……と言い続けたのである。

そんな晨曦を優しく抱き留めながら、夫となる周亥と温かい視線を交わし合う朱莉。

紆余曲折どころの話ではない。生死という全てを分かつ大きな壁を乗り越え、それでも結ばれた恋人達が幸せそうに笑い合う光景を目にして、今度こそ沙夜も貰い泣きしてしまったのだった。


朱莉と周亥が手を取り合い、ともに後宮から去っていった翌日のこと。

群青の空を掻き消しながら朝日が昇る中、爽やかな小鳥の声を聞きつつ晨曦の部屋に向かった沙夜だったが、そこで目にした光景は前日と全く同じものだった。

「……わたくしはもう駄目です。駄目なのですわ」

汗で濡れた寝衣を体に張り付けたまま、寝台の上で膝を抱えて晨曦は言う。

「やはり緑峰様には、二度と顔向けできません。わたくしはこの部屋に閉じ籠もったまま、老いさらばえて消えてゆく運命なのです」

「いや、何でそうなるんですか……。昨日は持ち直してたじゃないですか」

「だって、よく考えたらわたくし、わたくしってあんなに……！」

「あんなにって、何がです？　説明して下さい」

一応彼女の言い分も聞いてみよう。そう思って耳を傾けた沙夜だったが、

「あんなに……毛深いだなんて！」

「は？」さすがにその言葉は予想外だったので訊ね返した。「毛深いって何ですか」

「だって沙夜さんもご覧になったでしょう⁉　わたくしの全身から、あんなにも剛毛が……！　きっと毛穴が人より多いのですわ。ちゃんと処理しないと……けれど手の届かないところまでは無理ですし、もう朱莉も近くにはいてくれないし……」

そう捲し立てながら、ぽろぽろと涙をこぼし始める。

一体、何を気にしているのだ。心配して損した……。

けれど、その潤んだ瞳と弱々しい姿が、不謹慎だが可愛らしくて仕方がなかった。

思わずぎゅっと抱きしめたくなる衝動を抑えつつ、沙夜はこほんと咳払いを放つ。

「落ち込むのは仕方ありませんけど、少しは先のことも考えていかなければいけませんよ？　緑峰様は変わらず、晨曦様を正妃にするつもりのようですから」

「ですけどわたくし、自信がありませんわ……。それに沙夜さんの方が皇后には相応しいと思いますの。わたくしから緑峰様にそう伝えても――」

「絶対にやめて下さいっ！　お断りですので！」

それだけは駄目だ。本末転倒だ。冗談ではない。

晨曦の前途には艱難辛苦（かんなんしんく）が待ち受けているだろう。だから手助けならばいくらでもする。その心づもりだが、沙夜自身が妃になるつもりは一切なかった。

別に緑峰のことが嫌いなわけではない。好きかどうかわからないだけだ。

でも晨曦は緑峰を愛している。だからこそこんなに不安になっているのだろうし、支離滅裂な思考にも陥っているのだろうと思える。

そして今の沙夜は、晨曦の幸せを心から願っている。これまで幸薄い人生を歩んできただろう彼女が報われて、光り輝く道を進んでいく様を想像するだけでうっとりとしてしまうくらいだ。だから緑峰を彼女から奪えない。決して。

「――ならばわたしが、晨曦様を鍛えましょう」

彼女の心を覆った霧を払うこと。それが自らに課せられた役目ならば全うするだけだ。沙夜は覚悟を決めつつ言った。

「実は、白澤様からも言われていたんです。晨曦様が魃の力を自在に使うことができるよう、鍛えて差し上げろと」

大猿に変身していた間はハクの姿が見えていた晨曦だが、元に戻ってからはまた見えなくなったようだ。だからハクや天狐に直接師事することはできない。

「なので晨曦様、わたしの弟子になりませんか？」

「弟子……？」きょとんとした目になりながら晨曦は呟く。「白澤様のお弟子様の、そのまた弟子ということですか？」

「はい。そうすれば、いずれ晨曦様にも妖異の姿が見えるようになります。先に天狐さんに弟子入りした犽にも再会できますし、光線過敏症も克服できるかもしれません。何より、その方が緑峰様のお役に立てるかもしれませんしね」

犽の件は、既に晨曦に打ち明けていた。肉体を持たぬ霊獣になったと聞いて複雑な表情をしていたが、実際に再会の時が訪れればきっと涙ながらに喜ぶだろう。

それに、緑峰は晨曦を守るために正妃にしようとしている。その事実に気が付いたとき、彼女はどう思うだろうか。緑峰への気持ちが揺らぎはしないと思うが、彼女の気性からして守られてばかりでは嫌だと感じるに違いない。むしろ緑峰を守りたいと。

「選ぶのは、晨曦様ご自身です。ですがわたしは――」

「いいえ、沙夜さん。その先は結構ですわ」

気付けば彼女の目は、かつての輝きを取り戻していた。そしてあの夜会で見せた凜とした佇まいそのままに、寝台の上ですっくと立ち上がってこう続けたのである。

「あなたの申し出、ありがたく受けさせていただきます。……いいえ、お願い致しますわ。もう二度と弱い自分に失望しないよう、あなたの弟子にして下さいませ」

ぱっと勢いよく頭を下げ、彼女は懇願するように言った。

姫として育てられた者にしては、あまりにも潔い態度である。そんな姿を目にした沙夜は、敵わないなと思いつつも、立ち上がってこちらも毅然として答える。

「こちらこそよろしくお願いします。わたしも精一杯、精進しますので」

「あら、駄目ですよ沙夜さん」

そこで顔を上げた晨曦は、前のめりに身を乗り出し、沙夜の手を自身の両手で包み込みながら告げた。

「弟子になるのですから、言葉遣いから変えて下さいな。もっと砕けた感じで話して下さいませ。だってその——」

もうわたくし達、お友達でもありますし。そう彼女が付け加えた瞬間、ぼっと音を立てて沙夜の頬が火照ったのがわかった。

「な、なら晨曦様も同じようにして下さい。丁寧な言葉遣いはなしで」

「あら、わたくしはこれが地でしてよ？　師匠がそう仰るなら、なるべく気安い感じにはしますけれど」

「ええ……？　ずるいですよそんなの」

「ずるくありませんわ。序列はきっちりしておかないと。お友達であればなおさらのことです」

そして駄目押しに、きらきらと輝く宝玉のような瞳で見つめてくる。これはまずい。

言う通りにするまで絶対諦めないやつである。こうなっては仕方がない。

「わかりまし……」そこでもう一度咳払いを挟んで、口調を切り替えた。「ううん、わかったよ晨曦。これからよろしくね」

「ええ、沙夜さん。どうか末永く、よろしくお願い致しますわ」

考えてみれば、あれだけの修羅場をともに乗り越えた仲だ。今さら言葉遣いくらいどうだっていいではないか。そう思った途端、沙夜はぷっと噴き出してしまう。すると晨曦もつられて笑った。いつの間にか天高く昇っていた太陽に見守られつつ、まるで悪戯の計画でも話し合うように、二人はしばし密(ひそ)やかに微笑み合った。

後宮を取り巻く不穏な気配は未だ晴れてはおらず、隣国との確執も解決されたとは言えない。沙夜と晨曦の前途には、きっとたくさんの困難が待ち受けているのだろう。

だけど辛いばかりではなく、確かに希望もここにある。

後宮で育んだいくつもの絆と、胸に刻んだ譲れない誓いが、恐れず進めと背中を押してくれるのだ。もっと前へ。さらに先へと……。

だからこの、騒がしくも愛しい受難の日々は、まだまだ続きそうである。

《了》

あとがき

第一巻のあとがきにも書きましたが、この『後宮の夜叉姫』シリーズの原稿を書いていると、どうしても警察学校での生活を思い出してしまうんですよね。

外界と隔絶された閉鎖空間において序列を定められ、下は上に絶対服従。となると往々にして内部の常識は外部の非常識となり、一般的には有り得ないような不思議な慣習が作られたりするものなのです。

例えば海上自衛隊では、金曜日には決まってカレーライスが供されるという習慣があるそうです。旧日本海軍から引き継いだ伝統らしいですが、実はこれ、警察学校も同じなんです。少なくとも私が在校していた時代には、金曜の昼はカレーライスと決まっていました。

元々何故そんな習慣が生まれたかといえば、遠洋航海中に曜日感覚を失わないためだそうです。カレーライスを見れば、『今日は金曜日か。一週間経ったんだな』と思い出せるわけです。

曜日感覚が狂うと、毎日同じことを繰り返している気分になり、不安になったり鬱になったりします。つまり心身の健康によろしくない。規律を重んじる場では士気の低下に繋がりますのでこういった処置がとられていたのですね。また、カレーライスは一皿で完結する料理ですので、洗い物が少なくて済み、片付けの負担が軽くなるというメリットもあったようです。

でも、どうして警察学校がそれを踏襲する必要があるのでしょうか。入校した当初は私も不思議に思いましたが、わかってみれば単純な理由でした。

警察学校生は全員、寮生活を送る必要があります。なので食事は給食です。朝昼晩の三回、食堂にて学校職員さんが食事を用意してくれます。が、金曜は昼食のみなんですよね。何故かというと、週末は休日に当たりますので、学校生はみんな金曜日の夕方に家に帰ってしまうからなのです。

だから食堂にカレーライスが並ぶ光景を見ると、『ああ、もうすぐ帰れるんだ』と心が軽くなりました。『一週間よく頑張った。残りの日数は……』とも。

警察学校で過ごす日々は基本的に過酷なので、私などは卒業までの日数を指折り数えていましたね。

つまり心の中で区切りをつけ、休日を大切に過ごし、やがて新たな一週間を迎えるために必要な儀式のようなものだったのです。

もっとも、入校後すぐの頃は、その食事の量に一番驚きました。元々そんなに健啖ではなかったので、食べきるだけで一苦労でした。(ちなみにお残しをすると、先輩方にめちゃめちゃ怒られます)

ですが、人は環境に適応する生き物です。入校後一ヶ月が経過する頃にはもう夕食だけでは足らず、水曜日に訪問販売してくれるパン屋さんから大量の菓子パンを購入していました。今から思えばよくあんなに食べられたな、という感じですが、当時は本当にお腹が減って仕方がなかった覚えがあります。

というのも、警察学校内で恐怖の代名詞として知られる、〝警備実施〟という授業がありまして……。

機動隊の装備(約二十キログラム)を全身に着けた状態で、まず一時間から一時間半程度、ランニングをしなければならないんですよ。これがまた過酷で……。

鉄板入りの靴やヘルメットがすごく重くて、左脇に抱えた金属製の大盾が重い上に邪魔で走りにくくて、みるみる体力を削られていくのです。

あの大盾の扱い方に慣れるまでは、本当に地獄でしたね。持ち手を握り締めているとそのうち握力が死ぬので、左手の小指と薬指の先に引っかけるようにするのが正解です。もちろん大盾の重量もかなりありますので、指はしばらく使い物にならなくなりますが、左手全体が使えなくなるよりマシです。

そんなきついランニングが終わっても、あれはウォーミングアップだとばかりに次の訓練が始まります。警備実施は三時間ぶっ続けの授業ですので、救いはありません。夏場に体験したときは死ぬかと思いましたね。汗のかき過ぎで脱水症状になり、倒れたふりしてグラウンドの水溜まりに顔を突っ込み、水を飲んでいた人もいたそうですよ。恐ろしい話です……。

まさに、内部の常識は外部の非常識です。あなたの身近にある閉鎖された空間の中には、信じられないような不思議な世界が広がっているかもしれませんよ？　というところで今回は筆を置かせていただきたく存じます。

それでは最後に、この場をお借りして謝辞を送らせていただきます。いつもお世話になっております担当編集の大谷（おおたに）様。繊細かつ美麗な表紙を描いて下さいましたイラストレーターの志島（しじま）とひろ様。それから出版に関わって下さった全ての方々と、このあとがきを読んで下さっている皆様方に、心からの感謝を。

仁科（にしな）　裕貴（ゆうき）

<初出>

本書は書き下ろしです。

メディアワークス文庫

後宮(こうきゅう)の夜叉姫(やしゃひめ)2

仁科裕貴(にしなゆうき)

2020年２月25日　初版発行
2024年１月25日　５版発行

発行者　山下直久
発行　株式会社**KADOKAWA**
〒102-8177　東京都千代田区富士見2-13-3
0570-002-301（ナビダイヤル）
装丁者　渡辺宏一（有限会社ニイナナニイゴオ）
印刷　株式会社KADOKAWA
製本　株式会社KADOKAWA

●お問い合わせ
https://www.kadokawa.co.jp/（「お問い合わせ」へお進みください）
※内容によっては、お答えできない場合があります。
※サポートは日本国内のみとさせていただきます。
※Japanese text only

※定価はカバーに表示してあります。

Printed in Japan
ISBN978-4-04-912912-0 C0193

メディアワークス文庫　https://mwbunko.com/

本書に対するご意見、ご感想をお寄せください。

あて先
〒102-8177　東京都千代田区富士見2-13-3
メディアワークス文庫編集部
「仁科裕貴先生」係